AF307497

Haike Hausdorf wurde 1973 in Münster/Westfalen geboren. Schon als Kind war sie eine Leseratte und verbrachte viel Zeit in der nächstgelegenen Bücherei. Bereits mit elf durfte sie dort ehrenamtlich mitarbeiten. Als Teenager führte sie Brieffreundschaften mit Gleichgesinnten auf der ganzen Welt und schrieb mehrmals wöchentlich seitenlange Briefe. Nach dem Abitur und ihrer Ausbildung zur Groß- und Außenhandelskauffrau verbrachte sie drei Monate in Südengland. Anschließend arbeitete sie in verschiedenen internationalen Unternehmen in Düsseldorf, Freiburg und Schleswig-Holstein. Inzwischen lebt sie mit ihrer Familie am Rand des Schwarzwalds und schreibt in verschiedenen Genres.

HAIKE HAUSDORF

Schnee-mann mit Herz

Überarbeitete Neuausgabe November 2022

Copyright © 2022 dp Verlag, ein Imprint der
dp DIGITAL PUBLISHERS GmbH
Made in Stuttgart with ♥
Alle Rechte vorbehalten

Schneemann mit Herz

ISBN 978-3-98637-371-9
E-Book-ISBN 978-3-98637-867-7
Hörbuch-ISBN 978-3-98637-868-4

Copyright © 2021, dp Verlag,
ein Imprint der dp DIGITAL PUBLISHERS GmbH
Dies ist eine überarbeitete Neuausgabe des bereits 2021 bei dp
Verlag, ein Imprint der dp DIGITAL PUBLISHERS GmbH erschiene-
nen Titels Schneemann mit Herz (ISBN: 978-3-96817-915-5).

Covergestaltung: ARTC.ore Design
Umschlaggestaltung: ARTC.ore Design
Unter Verwendung von Abbildungen von
shutterstock.com: © svekloid, © Peter Hermes Furian,
© Tartila, © Mallinka1, © Irina Kryvets
Lektorat: Stephanie Schilling
Satz: dp DIGITAL PUBLISHERS GmbH
Druck und Bindung: Books on Demand GmbH, Norderstedt

Vorwort

Liebe Leserinnen und Leser,
mein Roman *Schneemann mit Herz* verbindet eine weihnachtliche Liebesgeschichte mit einer guten Portion Humor.
Inspiriert wurde dieses turbulente Weihnachtsfest von den Gegensätzen innerhalb einer größeren Familie, welche ich selbst kennenlernen durfte, als ich – aufgewachsen als Einzelkind – mit meinem Mann zusammenkam – dem jüngsten von vier Brüdern. Da war immer etwas los und ich musste lernen, dass, wer zu schüchtern, höflich oder leise ist, beim Essen oder anderen Gelegenheiten durchaus leer ausgehen kann ...
Von den Rückmeldungen zur Erstauflage meiner Geschichte weiß ich, dass dieses Buch besonders die Leser anspricht, die Erfahrungen mit dem Leben in einer größeren Sippe haben und sich und ihre Lieben in der ein oder anderen Situation wiedererkennen konnten.
Im Roman bildet Jonas das Gegenstück zu Chrissie, denn er ist als Einzelkind aufgewachsen – noch dazu in einer zerrütteten Familie.
Ich hoffe, dass sowohl die unter meinen Lesern, die ähnliche Erfahrungen gemacht haben wie Chrissie, als auch die, die eher von Jonas und meiner Perspektive auf die Buchers blicken, über die unterschiedlichen Charaktere und familieninternen Reibereien lachen können.
In diesem Sinne: Viel Spaß mit *Schneemann mit Herz* wünscht Haike Hausdorf

1. Kapitel

„Fertig!"

Erleichtert schlug Chrissie den Deckel des Aktenordners zu und schob ihn ins Regal, während sie zeitgleich ihren Computer herunterfuhr und mit dem rechten Arm in die Winterjacke schlüpfte, die über der Rückenlehne des Bürostuhls hing. Unglücklicherweise gab die Lehne den linken Ärmel nur zögerlich frei.

„Mist!"

Chrissie betrachtete entnervt den zehn Zentimeter langen Riss im Futter, aus dem schelmisch einige weiße Daunen herausschauten. Vor den Augen der gestressten jungen Frau quollen sie aus ihrem Gefängnis hervor und rieselten anmutig dem Büroteppich entgegen wie kleine Schneeflocken.

„So eine Sch...!"

„Alles in Ordnung bei Ihnen, Frau Bucher?"

Mit fragendem Blick steuerte Alois Huber, der Inhaber der Werbeagentur, auf Chrissie zu. Sie wirbelte herum, rutschte fahrig mit dem linken Arm in den zweiten Ärmel und schloss die Jacke. Eine freche Daune wippte dabei auf ihrer Stiefelspitze.

„Ja, ja. Alles Bestens. Ich bin bloß äußerst spät dran. Frohe Weihnachten, Herr Huber."

„Das wünsche ich Ihnen auch. Eine gute Zeit bei Ihrer Familie und schöne Feiertage."

„Vielen Dank. Grüßen Sie bitte Ihre Frau."

Wenig elegant warf sich Chrissie ihre Schultertasche über, griff nach der großen, schweren Reisetasche, die den ganzen Vormittag geduldig unter dem Schreibtisch auf sie gewartet hatte und eilte aus dem Büro. Nur das Geräusch ihrer Absätze auf dem Parkett durchbrach die ungewohnte Stille der beinahe vollständig verwaisten Räume.

Draußen sog Chrissie die kalte Winterluft ein und hastete zum nächstgelegenen Buchladen, in dem ihre vorbestellten Geschenke auf die Abholung warteten.

Als sie energisch die Tür aufdrückte und ein leises Klingeln ertönte, stellte sie erleichtert fest, dass lediglich zwei Kunden und ebenso viele Verkäuferinnen im Geschäft waren, was für eine zügige Abfertigung sprach. Eine ältere Dame ließ sich an einem der Regale beraten, während der Mittdreißiger an der Kasse gerade seine Scheckkarte zückte. Na, bitte! Dann war ja alles im grünen Bereich.

Doch überraschend bat der Kunde darum, die beiden Bücher einzeln zu verpacken, was Chrissies Puls in ungesunde Gefilde katapultierte. Verstohlen blickte sie auf ihre Armbanduhr. In zehn Minuten würde der Zug im Münchner Hauptbahnhof einfahren, um ihn kurz darauf wieder zu verlassen. Zwischen ihrem jetzigen Aufenthaltsort und dem Bahnsteig lagen allerdings noch einige Minuten Fußmarsch.

„Sind die Geschenke für eine Dame oder für einen Herren?"

„Dieses für eine Dame, das andere für einen Herren."

„Möchten Sie für das Erste eine pastellfarbene Verpackung oder ein Weihnachtsmotiv?"

Die Verkäuferin deutete auf mehrere Geschenkpapierrollen hinter dem Tresen und der Kunde begutachtete sie in aller Seelenruhe. Verzweiflung stieg in Chrissie auf. Er sollte sich gefälligst entscheiden! Ungeduldig wechselte sie im Sekundentakt das Standbein. Dabei verbreitete sie eine derartige Unruhe, dass die Buchhändlerin ihr einen unwilligen Blick zuwarf, während sich der Kunde mit hochgezogenen Augenbrauen zu ihr umdrehte und sie ansah, als sei sie eine nörgelige Dreijährige am Süßwarenregal neben der Supermarktkasse. Anschließend schwenkte er provokativ langsam zurück und nahm das erste Geschenk entgegen. Die Sekunden dehnten sich wie Kaugummi und Chrissie verfolgte angespannt jede Bewegung der geübten Hände, die das zweite Buch in tannengrünem Papier verschwinden ließen. Endlich war es fertig verpackt und wurde dem Mann übergeben, der sich höflich bedankte und zum Gehen anschickte, wobei er Chrissie erneut mit einem abschätzigen Blick bedachte. Diese schob sich eilig an ihm vorbei, ratterte einen Gruß, ihren Namen sowie ihr Anliegen herunter und hatte, ehe die Buchhändlerin mit den bestellten Büchern aus dem Lager zurückkehrte, bereits viermal auf ihre Armbanduhr gesehen. Sechs Minuten bis zur Einfahrt des Zuges. Kaum zu schaffen! Für einen kurzen Moment schloss Chrissie die Augen. Ihr Magen krampfte sich zusammen.

„Darf ich die Bücher einpacken?"

„Auf keinen Fall!" Chrissie streckte die Hände aus und ließ gefühlte fünf Kilogramm Papier in ihrer Schultertasche verschwinden. „Äh, ich meinte: Nein, vielen Dank. Ich bin in Eile!"

„Es scheint so." Das Lächeln der Verkäuferin sah reichlich erzwungen aus, als sie kassierte. „Besinnliche Weihnachten, Frau Bucher."

Um Zeit zu sparen, schob Chrissie ihre EC-Karte hastig in die Hosentasche und erwiderte den Gruß. Beim Hinauseilen überlegte sie kurz, ob sich hinter dem Wort „besinnlich" eine versteckte Botschaft für besonders hektische Kunden verbarg.

Das sanfte Klingeln des Türglöckchens im Rücken rannte Chrissie, so gut es mit der schweren, unhandlichen Reisetasche und den in ihre Seite piekenden Büchern möglich war, zum Hauptbahnhof. Keuchend überflog sie die Anzeigetafel und fluchte leise über die Gleisnummer. Als sie endlich verschwitzt und völlig außer Atem am Bahnsteig ankam, setzte sich der Regionalexpress Richtung Kempten bereits in Bewegung und verließ ohne Chrissie die bayrische Hauptstadt. Erschöpft japste sie nach Luft. Dutzende Schimpfwörter wirbelten durch ihren Kopf und sie musste sich sehr beherrschen, sie nicht allesamt hinter dem an Tempo gewinnenden Zug her zu schreien. Verzweifelt taumelte Chrissie zu einer Bank und ließ sich darauf nieder. Die Konturen vorbeieilender Reisender verschwammen vor ihren Augen, die sie umgehend schloss, um Herr über den Schwindel zu werden, der sich in ihrem Kopf breit machte. Was nun?

Sie rief sich in Erinnerung, dass die nächste Verbindung nicht in Frage gekommen war, da der Zug eine knappe Stunde später abfuhr und ein mehrmaliges Umsteigen erforderte. Ihre Eltern würden sehr verärgert sein. Schließlich hatten sie Chrissie ausdrücklich gebeten, bereits am 23. Dezember anzureisen, um jeglichen Weihnachtsstress zu vermeiden und nun das!

Chrissie fröstelte trotz der kuscheligen Daunenjacke. Sie fror vor lauter Wut und Verzweiflung, es zum wiederholten Male vermasselt zu haben. Bildlich konnte sie sich die Reaktion ihrer Mutter vorstellen, weil die aus den USA angereiste Katja pünktlich in Oberstdorf sein würde, sie jedoch nicht.

Das Drehen in Chrissies Kopf ließ langsam nach und als sie den ersten klaren Gedanken fassen konnte, beschloss sie, etwas zu Essen zu kaufen, das ihren Kreislauf in Schwung bringen würde.

Mit einer Wasserflasche und einem Stück lauwarmer Pizza bewaffnet trat sie kurz darauf kauend auf den Bahnhofsvorplatz. Eine Großfamilie näherte sich lärmend und ein Rollstuhlfahrer wich einem Kinderfahrrad aus, woraufhin ein mit Taschen und Blumen beladener Mann zur Seite springen musste und mit Chrissie kollidierte. Das letzte Teigstück ihres Zwischensnacks landete mit der klebrigen Oberseite auf seiner Jacke, während der wunderschöne, bunte Blumenstrauß unter die Stützräder des minderjährigen Verkehrsrowdys geriet.

„Na, toll!", fauchte die ohnehin schlecht gelaunte und nun um ihr Essen gebrachte Chrissie den Fremden an. „Können Sie nicht aufpassen?"

Er würdigte sie keines Blickes, sondern hob die armen, teils geköpften Stängel vom Boden auf. Die ehemals pompöse Folie hing traurig und in Fetzen herab, sodass der Strauß ein Bild des Jammers bot. Der kleine Übeltäter allerdings, der den Zusammenstoß zu verantworten und die Blumen auf dem Gewissen hatte, war

„Es sind Schindeln darin. Ich schenke meinen Eltern ein neues Vordach.“

Jonas Schuster lachte laut auf.

„Gut gebrüllt, Löwe. Es geht mich ja wirklich nichts an.“

Chrissie fand sein Lachen sehr sympathisch. Es klang echt und unbeschwert. Vielleicht war er doch nicht ganz so grässlich, wie sie zunächst angenommen hatte. Sie folgte ihm durch die Straßen.

Urplötzlich blieb er stehen, drückte auf eine Fernbedienung und der Kofferraum eines schwarzen Sportcoupés sprang auf. Er hievte Chrissies Reisetasche und seine Papiertüte hinein und wischte sich theatralisch mit der Hand über die Stirn.

„Das Vordach ist verstaut, Mylady.“

Jonas Schuster wandte sich um und öffnete die nächstgelegene Haustür. Einladend hielt er sie auf.

„Darf ich bitten?“

Erschrocken wich Chrissie einen halben Meter zurück.

„Nein, danke. Ich warte hier.“

„Wirklich? Es wird sicher zehn bis fünfzehn Minuten dauern.“

Sie nickte und er ergänzte achselzuckend: „Wie Sie meinen. Falls es zu kalt werden sollte, klingeln Sie einfach.“

Jonas verschwand im Hausflur und die Tür fiel hinter ihm ins Schloss. Chrissie begutachtete und umrundete das Auto. Jetzt konnte sie ihre Idee in die Tat umsetzen und kramte nach ihrem Mobiltelefon. Sie knipste das Coupé von allen Seiten. Anschließend schickte sie die Fotos an ihre Freundin Ina mit dem Vermerk, dass sie aufgrund widriger Umstände erstmals in ihrem Leben per Anhalter zu fahren gedenke und Ina als ihre persönliche Lebensversicherung betrachte. Die Nachricht wurde umgehend übermittelt, aber nicht gelesen, wie Chrissie bedauernd feststellte.

Über ihr öffnete sich ein Fenster.

„Was tun Sie da? Gehören Sie einer Autoschieber-Bande an und geben gerade Informationen an Ihre Komplizen weiter?"

„Natürlich nicht!"

„Weshalb machen Sie sonst Fotos von meinem Wagen? Und sagen Sie nicht, Sie haben vor, nächste Woche dasselbe Modell zu erwerben. Das kaufe ich Ihnen nicht ab!"

„Wollten Sie nicht Ihre Sachen packen, anstatt mich zu beobachten? Ich bin in Eile, falls Sie das vergessen haben sollten!"

Was für eine peinliche Unterhaltung über zwei Stockwerke hinweg! Glücklicherweise kannte sie in diesem Stadtteil niemand.

Kopfschüttelnd zog Jonas seinen Kopf zurück und schloss das Fenster. Chrissie wartete. Nach fünf Minuten überkam sie die Erkenntnis, dass ein Gang zur Toilette vor der Fahrt eine gute Idee sein könnte. Sie horchte in sich hinein, um zu ergründen, ob sich dieses Vorhaben verschieben ließe. Ihre Blase allerdings erteilte einen negativen Bescheid und deshalb studierte Chrissie die Klingelschilder. Seufzend drückte sie auf eines, das mit „J. Schuster" beschriftet war.

Im zweiten Stock entdeckte sie eine angelehnte Wohnungstür. Jonas tauchte in der Diele auf.

„Darf ich Ihre Toilette benutzen?"

„Die linke Tür.“

Er verschwand und als Chrissie das Bad verließ, stapelten sich eine Tasche, ein Rucksack und eine Snowboardausrüstung am Eingang.

„Da Sie nun hier sind, dürfen Sie mir tragen helfen.“

Bevor sie sich versah, hielt Chrissie den Rucksack und einen Helm in Händen.

„Nicht fallen lassen!“, mahnte Jonas und schnappte sich das übrige Gepäck.

Während er seine Utensilien teils im Kofferraum teils auf den Rücksitzen verstaute, kontrollierte Chrissie ihre Nachricht und sah erleichtert, dass Ina sie gelesen hatte.

Jonas schloss den Kofferraum.

„Dank Ihrer monströsen Tasche stößt mein Auto an seine Grenzen. Wollen Sie nicht einsteigen?“

Chrissie nahm auf dem Beifahrersitz Platz und Jonas schwang sich hinter das Steuer. Beim Anlassen des Motors fragte er: „Nun mal ehrlich, wozu diente die Foto-Session?“

„Ich habe die Kennzeichen Ihres Wagens an meine Freundin geschickt“, gab Chrissie zögernd zu.

Er sah sie überrascht von der Seite an.

„Nicht schlecht! Auf die Art muss ich erst Ihre Freundin ausfindig machen und zwei Morde begehen. Ich schätze, das ist mir zu aufwändig. Da liefere ich Sie lieber bei Ihren Eltern ab.“

Chrissie amüsierte sich über sein spitzbübisches Grinsen.

„Tja, sieht ganz so aus, als müssten Sie sich für heute eine andere Beschäftigung suchen.“

„Wie bedauerlich …“

Ein leises Lachen ertönte neben ihr und seine Augen funkelten übermütig.

Chrissie entspannte sich. Verstohlen beobachtete sie Jonas, der sich auf den Straßenverkehr konzentrierte. Er trug seine Haare zurückgekämmt, nur eine Strähne fiel ihm in die Stirn. Nase und Kinn waren unauffällig, seine Augen dafür umso besonderer, wie sie wusste, seit Jonas sie so verschmitzt angesehen hatte. Schnell wandte Chrissie sich ab. Während sie ihr Smartphone ins Visier nahm, fiel ihr auf, wie ruhig und angenehm sein Fahrstil war. Offenbar traf keine ihrer Befürchtungen zu. Er hatte ihr, wie sie aufgrund des Klingelschilds wusste, seinen korrekten Namen genannt, war kein Raser und wohl auch kein Serienmörder. Chrissie streckte die Beine aus und las Inas Antwort.

Seit wann fährst du per Anhalter? Wenn deine Mutter das mitkriegt, dreht sie durch.

Chrissie lächelte innerlich.

Was Mama nicht weiß, macht sie nicht heiß! Nein, im Ernst, es war ein Notfall, ich habe meinen Zug verpasst. Deshalb nimmt Jonas Schuster mich mit.

Sieht er wenigstens gut aus?

Sehr!

Schick mal ein Foto.

Bist du verrückt?

Jonas räusperte sich.

„Schreiben Sie Ihrer Freundin?"

„Warum interessiert Sie das?"

„Ich hoffe, Sie teilen ihr mit, wie harmlos ich bin."

„Das weiß ich erst, sobald ich sicher in Oberstdorf angekommen bin. Dann schreibe ich es ihr gern."

„Na, toll!"

Seine Miene spiegelte eine Mischung aus Belustigung und gespielter Verzweiflung wider und sie lächelte ihn an. „Erzählen Sie mir etwas von sich. Zur Vertrauensbildung."

„Damit Sie alles brühwarm weitergeben? Na, ich danke."

„Sehe ich aus wie eine Tratschtante?"

„Eigentlich nicht. Wenn Sie gut gelaunt sind, sehen Sie sehr nett aus."

Chrissie schluckte. Mit einem Fremden im Auto zu fahren, war das Eine, Komplimente etwas ganz Anderes. Sofort wechselte sie das Thema.

„Also: Zehn Fakten über Jonas Schuster und ich schwöre, dass ich sie nicht weitererzähle."

„Na gut. Sobald Sie mir erzählt haben, warum Sie so spät dran waren."

„Ich wollte eigentlich schon gestern fahren. Leider hat mein Kollege Mist gebaut und deshalb saß ich im Büro fest."

Überrascht sah Jonas zu ihr hinüber.

„Das klingt total unfair. Warum mussten Sie dafür den Kopf hinhalten?"

„Weil er in einen Flieger nach Mauritius gestiegen ist und wir den Schlamassel erst später entdeckt haben.“

„Ich finde, er schuldet Ihnen etwas, wenn er zurück ist.“

„Ich werde es ihm ausrichten.“

„Obwohl …“, Jonas Augen blitzten herausfordernd. „… ich ihm dankbar sein sollte für die nette Reisebegleitung.“

Verlegen sah Chrissie aus dem Seitenfenster.

„Sagen Sie immer, was Sie denken?“

„Viel zu oft. Wollen Sie wissen, was ich noch denke?“

„Lieber nicht.“

„Ich finde es albern, dich zu siezen! Ich heiße Jonas.“

Obgleich Chrissie ihm grundsätzlich zustimmte, schoss ihr das Blut ins Gesicht. Aus einem unerfindlichen Grund war ihr die Distanz, die das „Sie“ schuf, gar nicht unrecht. Widerstrebend gab sie nach.

„Chrissie“, murmelte sie.

„Chrissie? Die Abkürzung passt viel besser zu dir“, stellte er nüchtern fest.

„Danke. Und nun die Fakten!“

„Wie wäre es mit einem Deal: Für jede Information bekomme ich eine zurück. Das erscheint mir angemessen.“

„Einverstanden. Du fängst an.“

„Ich wurde am 8. Mai 1985 in München geboren.“

„Dann bist du vierunddreißig.“

„Korrekt.“

„Und ziemlich genau fünf Jahr älter als ich, denn mein Geburtstag ist der 15. Mai 1990.“

„Der beste Monat.“

Jonas zwinkerte Chrissie verschwörerisch zu.

„Wem sagst du das …“

„Fakt Nummer zwei: Nach der Scheidung meiner Eltern musste ich mit meiner Mutter nach Hessen ziehen, aber direkt nach dem Abi bin ich nach München zurückgekehrt. Ich liebe diese Stadt und die Berge.“

„Das verstehe ich gut. Ich bin übrigens in Augsburg geboren und mehrmals umgezogen. Erst nach meinem Studium bin ich nach München gegangen, also vor etwa vier Jahren.“

„Apropos Studium: Ich habe Bauingenieurwesen studiert und du?“

„Marketing.“

„Fakt Nummer vier wird dich umhauen. Lange bevor ich Ingenieur wurde, hatte ich nämlich ganz andere Ziele.“

„Ach, ja?“

„Meinen früheren Traumberuf errätst du nie.“

„Mach es nicht so spannend!“

„Als kleiner Junge wollte ich Straßenkehrer werden. Ich fand die sich drehenden Bürsten an den Fahrzeugen der Stadtreinigung so toll.“

Sie lachte.

„Wie alt warst du da?“

„Drei oder vier.“

„Und weshalb hast du die coolen Bürsten gegen langweilige Baustellen eingetauscht?“

„Nicht schummeln! Du bist dran!“

„Also gut. Als Kind wollte ich Erzieherin werden, weil ich dachte, es sei super, das ganze Leben lang zu spielen.“

„Ein guter Plan. Warum hast du dich umentschieden?“

„Du schummelst ja auch!"

„Ich ziehe die Frage zurück, hohes Gericht."

„Stattgegeben."

Jonas grinste spitzbübisch.

„Fakt Nummer fünf: Inzwischen arbeite ich als Projektmanager in einem mittelständischen Unternehmen."

„So ist das mit den Kindheitsträumen. Mich hat es in die Werbebranche verschlagen."

„Hauptsache, die Arbeit macht Spaß. Über Weihnachten besuche ich übrigens meinen besten Freund Markus und seine Frau. Sie wohnen in einem kleinen aber feinen Holzhaus in Sonthofen und laden mich jedes Jahr für die Feiertage ein. Keine Ahnung, wie sie das mit einem Weihnachtsmuffel wie mir aushalten."

Chrissie verkniff sich die Frage nach seinem Familienstand. Offenbar war er Single, aber das sollte sie nicht interessieren. Stattdessen knüpfte sie bei den anstehenden Feiertagen an.

„Ich liebe Weihnachten und den Winter. Deshalb freue ich mich, dass meine Eltern sich für die Rente eine so schöne Gegend wie Oberstdorf ausgesucht haben. Sie sind erst vor einigen Monaten dorthin gezogen."

„Das erklärt, weshalb wir uns noch nie über den Weg gelaufen sind. Den Winter mag ich übrigens auch sehr. Während des Studiums waren Markus und ich an jedem freien Wochenende in den Bergen. Für den Fall, dass sich eine Gelegenheit ergibt, habe ich immer mein Snowboard dabei. Auch wenn ich nur drei Tage bleiben werde."

„Musst du wieder arbeiten?"

„Nicht direkt, aber Markus und Lilly schon."

„Ich werde Silvester in Oberstdorf feiern. Sonst ist meine Mutter beleidigt. Außerdem habe ich meine Schwestern länger nicht gesehen."

„Das klingt nach einer Großfamilie."

„Wir sind zu dritt. Meike ist zweiunddreißig, Katja siebenundzwanzig und ich bin das Sandwichkind. Was ist mit deinen Eltern? Vermissen sie dich nicht an Weihnachten?"

„Nein, bei uns gibt es keine Familientraditionen. Alle vereint unter dem Weihnachtsbaum, das kenne ich gar nicht."

Chrissie schwieg betroffen. Obwohl sie ihre Mutter und Katja als anstrengend empfand, bedauerte sie Jonas. Schnell wechselte sie das Thema.

„Willst du noch irgendwo einen neuen Blumenstrauß besorgen?"

„Das mache ich ein andermal. Schließlich möchte ich nicht riskieren, dass du Ärger bekommst, wenn ich dich zu spät abliefere …"

2. Kapitel

Mit Jonas, der nach Chrissies Empfinden ein überaus angenehmer Gesprächspartner war, verging die zweistündige Fahrt wie im Flug.

„Da sind wir. Das ist das Haus meiner Eltern. Vielen Dank fürs Mitnehmen."

Jonas bremste langsam ab.

„Gern geschehen."

Als er ihre Tasche aus dem Kofferraum wuchtete, war die Sonne bereits hinter den tief verschneiten Bergen verschwunden. Schnee türmte sich am Fahrbahnrand und die Häuser samt Gärten waren mit einer dicken Puderschicht überzogen. Das Motorengeräusch hatte Chrissies jüngere Schwester auf den Plan gerufen. Die hölzerne Haustür wurde schwungvoll geöffnet und die junge Frau eilte herbei.

„Chrissie!"

Katja fiel ihr stürmisch um den Hals, löste sich aber schnell aus der Umarmung und musterte Jonas.

„Deshalb durften wir dich nicht vom Bahnhof abholen. Mama hat sich schon Sorgen gemacht. Ist das dein Freund? Warum hast du uns nichts von ihm erzählt? Mama wird durchdrehen, weil sie komplett unvorbereitet ist!"

„Jonas ist nicht mein Freund."

„Schade. Oder auch nicht. Er sieht gut aus."

Jonas hatte die schwere Tasche auf dem Bordstein neben Chrissie abgestellt. Nun beobachtete er die Schwestern. Sie hatten große Ähnlichkeit. Beide waren etwa gleich groß, schlank und hatten dunkelblondes, langes Haar, nur dass das ihrer Schwester zu einer festlichen Frisur aufgesteckt war und sie ein elegantes Minikleid trug, während Chrissies Schopf verstrubbelt unter ihrer Daunenjacke hervorlugte.

„Danke für das Kompliment", erwiderte er und schüttelte Katjas Hand. „Ich bin bloß das Taxi."

„Wenn ich gewusst hätte, wie sexy die Taxi-Fahrer in Oberstdorf sind, wäre ich vielleicht früher nach Deutschland zurückgekehrt."

Sie warf ihm ein entwaffnendes Lächeln zu und hielt seine Hand fest.

„Katja!", stieß Chrissie hervor. „Du bist schrecklich!"

„Erzähl mir was Neues!"

Katja ignorierte die Grimassen ihrer Schwester, ließ Jonas aber los.

„Welche Nummer muss ich wählen, um von einem derart gutaussehenden Chauffeur mit diesem schicken Schlitten abgeholt zu werden?"

Jonas grinste. Chrissies Schwester war ziemlich forsch. Was ihn jedoch weit mehr amüsierte als Katjas Worte, war das Entsetzen, das sie bei Chrissie auslösten. Um den schwesterlichen Weihnachtsfrieden nicht vollends zu gefährden, entschloss er sich zu einem zügigen Abgang.

„Ich wünsche schöne Weihnachtstage und einen guten Rutsch."

Er winkte beiden zu, verschwand im Wageninneren und sein Coupé rollte davon.

Wütend wandte sich Chrissie an ihre Schwester.

„Sag mal, bist du von allen guten Geistern verlassen? Du kannst ihn doch nicht einfach anbaggern!"

„Warum nicht? Du sagtest, er sei nicht dein Freund.“

„Das hat damit nichts zu tun!“

„Also stehst du auf ihn?“

„Natürlich nicht! Aber ich hasse es, wenn du das machst. Gab es in den USA keinen netten Kommilitonen, der dich hätte an die Kette legen können?“

Genervt stapfte Chrissie ins Haus.

„Endlich, mein Schatz. Warum durften wir dich nicht abholen?“

Ingrid Bucher schloss ihre Tochter fest in die Arme.

„Gegen ihren gutaussehenden Privat-Chauffeur hatten wir keine Chance ...“

In sicherer Entfernung amüsierte sich Katja prächtig über Chrissies wütenden Gesichtsausdruck jenseits der mütterlichen Schulter.

„Was für ein Privat-Chauffeur?“

Irritiert nahm Ingrid ihre mittlere Tochter in Augenschein.

„Katja übertreibt mal wieder maßlos. Ein ... äh ... Bekannter aus München hat mich hergebracht. Er feiert Weihnachten in Sonthofen. Da lag es auf der Hand, gemeinsam zu fahren.“

„Wann habt ihr das herausgefunden? Gestern Abend wolltest du noch mit dem Zug anreisen.“

Ihre Mutter wirkte misstrauisch.

„Lass sie doch erst einmal hereinkommen, Ingrid!“

Hermann Bucher küsste Chrissie rechts und links auf die Wange. „Gut schaust du aus! Schön, dass du endlich da bist.“

Katja beobachtete die Szene vom Wohnzimmerdurchgang aus. Nun wurde sie energisch zur Seite geschoben, denn während die älteste Schwester Meike Chrissie begrüßte, tauchten zwei weitere Personen in der Diele auf, die langsam an ihre räumlichen Grenzen stieß.

„Tante Rosie! Onkel Paul! Ich wusste gar nicht, dass ihr heute schon hier sein würdet."

„Deine Eltern haben uns eingeladen, die gesamten Feiertage mit euch zu verbringen. Ist das nicht nett?" Rosie drückte Chrissie liebevoll an sich. „Schön, dich zu sehen, meine Kleine."

Katja kicherte im Hintergrund – vermutlich, weil Rosie gute zehn Zentimeter weniger maß als ihre drei Nichten, sie aber trotzdem jedes Mal mit diesem Kosenamen bedachte.

„Jetzt steht nicht alle im Flur herum. Rein in die gute Stube", dröhnte Hermanns Bass energisch.

Den Armen ihres Onkels erfolgreich entronnen, atmete Chrissie auf und schlüpfte vorsichtig aus ihrer Jacke, die dabei wieder Federn ließ.

„Was ist denn das?"

Meike fing ein paar der weißen Daunen auf, die gemächlich zu Boden rieselten.

Chrissie seufzte.

„Das Futter ist vorhin gerissen."

„Du hast wohl in letzter Zeit ordentlich zugelegt."

Hämisch klopfte Katja gegen Chrissies Bauch.

„Benimm dich!" Meike warf ihrer jüngsten Schwester einen warnenden Blick zu. „Es ist Weihnachten, also reiß dich zusammen. Dein loses Mundwerk verdirbt uns sonst den ganzen Abend."

Wenige Minuten nachdem Jonas bei Chrissies Elternhaus losgefahren war, wurde er vor einem weihnachtlich geschmückten Holzhaus in Sonthofen von der Frau seines besten Freundes herzlich begrüßt.

„Wie schön, dich zu sehen.“

„Hallo Lilly! Vielen Dank für die Einladung. Ich freue mich sehr, hier zu sein. Die Blumen muss ich allerdings nachreichen. Sie sind einem tätlichen Angriff auf dem Bahnhofsvorplatz zum Opfer gefallen, die Ärmsten!“

Erschrocken schob Lilly ihn von sich.

„Du wurdest angegriffen?“

Verschmitzt erwiderte Jonas: „Keine Sorge, mir geht es gut. Aber der für dich vorgesehene Strauß hat einen Kindergarten-Rambo auf seinem Mini-Rad nicht überlebt.“

„Verstehe. Die Blumen wurden ein Opfer der Großstadt. Zu viele Menschen auf zu engem Raum.“

„So kann man es auch ausdrücken.“

„Hey, das klingt, als ob Jonas angekommen wäre!“

Mit diesen Worten trat Markus vor die Tür. Begleitet wurde er von einem schwanzwedelnden Neufundländer, der mit weit heraushängender Zunge auf den Gast zutrabte und ihn ausgiebig begrüßte, bevor sein Herrchen Gelegenheit dazu bekam.

„Hannibal! Erkennst du mich noch?“

Jonas beugte sich vor, bis sich sein Gesicht auf Höhe des mächtigen schwarzen Kopfes befand und kraulte dem vierbeinigen Begrüßungs-Komitee ausgiebig das Fell.

„Freilich kennt er dich. Was für eine dumme Frage! Aber ich verweigere dir die Freundschaft, falls du mich weiter ignorierst.“

„Entschuldige!“

Lachend schlug Jonas in die dargebotene Hand ein und boxte Markus freundschaftlich in die Seite.

„Schön, dich zu sehen.“

Hannibal umrundete die Freunde übermütig und hätte sie um ein Haar zu Fall gebracht.

„Kannst du dieses Ungeheuer bitte ins Haus befördern, damit ich mein Gepäck hineinbringen kann?“

„Aber sicher!“

Markus scheuchte den aufgeregten Vierbeiner vor sich her, während er mit dem Snowboard auf die einladend geöffnete Haustür zuschritt.

Nachdem Chrissie dem Familienspektakel fürs Erste entronnen war, organisierte sie zwei Rollen Geschenkpapier und zog sich in ihr Zimmer zurück. Meike klopfte und trat ein.

„In zehn Minuten wollen wir los. Du meine Güte, du bist ja noch gar nicht umgezogen!“

„Ich muss erst ein paar Geschenke einpacken. Hilfst du mir?“

„Klar, aber beeil dich bitte. Wir sollten um zwanzig vor fünf aufbrechen, sonst ist die Kirche restlos überfüllt.“

Meike nahm ihrer Schwester Schere und Tesafilm aus der Hand und ließ sich am Schreibtisch nieder.

„Das ist für Paps, dieses für Mama und das letzte für Tante Rosie.“ Zum Glück hatte sie Meikes Geschenk als erstes verpackt, als hätte sie geahnt, dass diese in ihrem Zimmer auftauchen würde.

Chrissie schlüpfte in ein schwarzes Samtkleid und steckte ihre Haare auf.

„Wie geht es Nathan? Feiert ihr nicht zusammen Weihnachten?"

„Leider nein. Er muss arbeiten. An Silvester kommt er nach."

Mitfühlend sah Chrissie ihre Schwester an.

„Das ist der Nachteil, wenn man mit einem Arzt liiert ist, oder?"

„Ist schon in Ordnung. Sobald wir zusammenwohnen, wird es besser werden. Was macht denn dein Liebesleben?"

„Da gibt es nichts zu erzählen! Ich konzentriere mich voll und ganz auf meinen Job."

„Nicht alle Männer sind wie ..."

„Wage es nicht, diesen Namen laut auszusprechen! Ich will ihn nie wieder hören! Verstanden?"

„Absolut. Wie sieht's aus? Bist du fertig? Deine Geschenke sind es jedenfalls."

„Ich bin soweit. Wie findest du mein neues Kleid?"

„Chic! Damit stiehlst du sogar Katja die Show."

„Danke für die Blumen! Lass uns runtergehen."

Im Anschluss an den feierlichen Gottesdienst nahm Ingrid zuhause das Zepter in die Hand.

„Katja, trag bitte den Krautsalat ins Esszimmer. Chrissie, der Kartoffelsalat steht dort drüben. Meike, kümmerst du dich um die Wiener Würstchen?"

Tante Rosie streckte den Kopf zur Küchentür herein. „Kann ich helfen?"

„Lieb von dir, aber wir sind sofort fertig."

Kurz darauf hob Hermann sein Glas und prostete der Familie zu. „Frohe Weihnachten euch allen und einen guten Appetit!" Chrissie spürte plötzlich, dass sie den gesamten Tag über fast nichts zu sich genommen hatte und häufte reichlich Kartoffelsalat auf ihren Teller.

Entrüstet zog Katja ihr die Schüssel weg.

„Hey, lass uns auch etwas übrig."

„Die Predigt war sehr schön", stellte Ingrid fest, während Chrissie sich genüsslich eine Gabel voll Salat in den Mund schob. „Sehr weihnachtlich und alltagsbezogen."

„Stimmt", pflichtete Tante Rosie bei. „Ich mag es überhaupt nicht, wenn ein Pfarrer politisch wird."

„Die Predigt war doch gar nicht politisch", warf Meike verwundert ein.

„Zum Glück. Politik hat auf der Kanzel nämlich nichts zu suchen."

Rosie unterstrich ihre Worte mit einem energischen Nicken.

„Ein Pfarrer sollte durchaus auf Missstände hinweisen. Die amerikanische Gesundheitspolitik ist zum Beispiel ein Skandal!", empörte sich Onkel Paul kauend.

„Entschuldige mal! Ich bin diese Woche aus den USA zurückgekommen. Das ist ein ganz tolles Land!"

Wütend funkelte Katja, die diese Bemerkung persönlich nahm, ihn an.

„Landschaftlich vielleicht. Bedauerlicherweise gibt es dort eine gewaltige Schere zwischen Arm und Reich", insistierte Onkel Paul.

„Das ist aber kein passendes Thema für den Weihnachtsabend." Hermann runzelte missbilligend die Stirn.

„Der Kartoffelsalat ist ganz wundervoll", stellte Tante Rosie genießerisch fest. „Er zergeht auf der Zunge."

Ingrid nickte lächelnd. Dann wechselte sie abrupt das Thema. „Nun erzähl endlich, weshalb du mit dem jungen Mann gefahren bist anstatt mit dem Zug, Chrissie."

„Ich sagte doch bereits, dass er die Feiertage in Sonthofen verbringt. Das ist gleich um die Ecke."

„Wir wissen, wo Sonthofen liegt", stellte ihr Vater klar. „Reichst du mir bitte den Krautsalat, Paul?"

„Der Krautsalat ist dir ebenfalls ganz hervorragend gelungen, Ingrid." Rosie gab die Schüssel an ihren Schwager weiter, da ihr Mann nicht reagierte. „Ich hätte gerne beide Rezepte."

Chrissie entschloss sich, um des lieben Friedens willen, einen Teil der Wahrheit preiszugeben.

„Ich war spät dran und habe den Zug verpasst. Auf dem Bahnhofsvorplatz traf ich Jonas und er bot mir an, mich mitzunehmen."

„Die ständigen Verspätungen der Deutschen Bahn sind absolut inakzeptabel", befand Onkel Paul.

Hermann korrigierte ihn.

„Nicht der Zug hatte Verspätung, sondern Chrissie, weshalb sie ihn verpasst hat. Es wäre also in diesem Fall sogar von Vorteil gewesen, wenn sich die Abfahrt verzögert hätte."

„Wieso hast du deine Bahn verpasst, nachdem du schon einen Tag später gereist bist, als geplant?"

Ingrid sah ihre Tochter tadelnd an.

„Die Jugend legt keinen Wert mehr auf Pünktlichkeit", konstatierte Onkel Paul.

„Das ist eine furchtbare Verallgemeinerung!", empörte sich Meike. „Ich bin immer pünktlich."

„Das stimmt", pflichtete Ingrid ihrer Ältesten bei.

„Aber Chrissie, du kannst doch an Heiligabend nicht den Zug verpassen!“

„Wie du siehst, kann sie es durchaus!“, spottete Katja.

„Tut mir leid, Mama, ich musste bis zum Mittag den Ärger mit einem wichtigen Kunden ausbügeln. Und das hat länger gedauert, als ich gehofft hatte.“

„Vielleicht hat sie ihn absichtlich fahren lassen, um von diesem gutaussehenden Jonas mitgenommen zu werden …“, warf Katja herausfordernd ein.

„Es reicht!“, fauchte Chrissie.

„Wusstest du denn, dass er nach Sonthofen fahren wollte?“ Ingrid runzelte die Brauen.

„Der Senf ist mir ein wenig zu scharf. Hast du einen anderen?“, fragte Rosie.

„Nein, es gibt nur den“, erwiderte Meike resolut.

Ingrid fixierte Chrissie.

„Woher kennst du diesen Jonah überhaupt?“

„Jonas!“

„Dann eben Jonas. Du hast bisher nie von ihm erzählt.“

„Auf die Story warte ich auch schon die ganze Zeit.“

Katja lehnte sich feixend zurück und ließ ihre Mutter und Schwester nicht aus den Augen, um kein Detail des Verhörs zu verpassen.

„Wir kennen uns noch nicht so lange“, wich Chrissie aus.

„Wie lange ist ‚nicht so lange‘? Und wo habt ihr euch kennengelernt?“, hakte Ingrid nach.

„In einem Buchladen.“

„Er sah gar nicht aus, wie ein langweiliger Bücherwurm.“

In Katjas Stimme schwang eine leichte Enttäuschung mit.

„Lesen ist nicht langweilig. Es bildet, liebe Katja."

Onkel Paul sah seine jüngste Nichte missbilligend an.

„Die Bildung ist heutzutage sehr im Argen. Es wäre wünschenswert, wenn eure Generation ihre Nasen häufiger in gute Literatur stecken würde."

Katja beschloss, ihn zu ignorieren.

„Nun lass dir nicht jedes Detail aus der Nase ziehen", forderte Ingrid ungeduldig.

„Ganz meine Meinung!", stimmte Katja zu.

Meike wurde die Fragerei zu bunt.

„Vielleicht gibt es gar nichts zu erzählen. Man kann doch ganz unspektakulär jemanden kennen, ohne dass es Stoff für eine Hollywoodverfilmung bietet."

Chrissie warf ihr einen dankbaren Blick zu.

„Die alten Hollywood-Filme waren qualitativ viel hochwertiger als diese neumodischen Seifenopern", ließ sich Onkel Paul zwischen zwei Bissen vernehmen.

„Meinst du die brutalen Uralt-Western oder die Schwarz-Weiß-Schinken ohne Ton?"

Katja rümpfte die Nase.

Ihr Onkel war entrüstet.

„Das sind Klassiker!"

Seiner Frau entfuhr ein zufriedener Seufzer.

„Jetzt bin ich pappsatt. Ich bringe keinen Bissen mehr herunter. Das Essen war fantastisch, Ingrid."

„Es gibt noch Eis zum Nachtisch."

„Du meine Güte, so eine Kalorienbombe? Ich verzichte."

„Chrissie sollte auch kein Eis essen, ihre Klamotten platzen aus allen Nähten!"

Aufgrund der bitterbösen Blicke ihrer Schwestern führte Katja die Aussage nicht weiter aus.

„Was soll das heißen?" Ingrid wirkte dezent geschockt. „Gibt es etwas, das wir wissen sollten? Bitte bring das restliche Geschirr in die Küche, mein Schatz. Ich möchte mich mal kurz mit dir unterhalten."

Katja sprang auf.

„Ich helfe euch!"

„Von wegen!" Meike drückte sie energisch auf ihren Stuhl zurück. „Du hast bereits genug zum Gespräch beigetragen."

Zur selben Zeit saßen Jonas, Lilly und Markus gemütlich beim Weihnachtsfondue, während Hannibal in seinem monströsen Hundekorb thronte und sie genau beobachtete, in der Hoffnung, einen Bissen abzubekommen.

„Schön, dass du schon heute Nachmittag gekommen bist." Lilly lächelte Jonas an. „So haben wir genügend Zeit, bevor wir zur Christmette gehen. Ich hatte erst später mit dir gerechnet."

„Dafür kannst du dich bei Chrissie bedanken."

Bei der Erinnerung an den Zusammenstoß mit der lebhaften, jungen Frau huschte ein Lächeln über Jonas Gesicht.

Markus horchte auf.

„Wer ist Chrissie?"

In wenigen Worten berichtete sein Freund von den zwei folgenschweren Begegnungen am Mittag und Markus lachte laut auf.

„Und sie hat dir wirklich die Schuld gegeben, den Zug verpasst zu haben?"

„Ja. Sie war unerbittlich.“

„Wie charmant! Ich an deiner Stelle hätte sie dort stehen lassen.“

„Ich bin froh, es nicht getan zu haben. Die Fahrt hierher war sehr unterhaltsam.“

„Wirst du sie wiedersehen?“

Lilly sah ihn forschend an.

Achselzuckend antwortete Jonas: „Ich denke nicht. Sie bleibt bis ins neue Jahr bei ihrer Familie. Deshalb wird sie wohl bei der Rückfahrt den Zug nehmen müssen.“

„Du bist herzlich eingeladen, über Silvester bei uns zu bleiben. Das weißt du doch!“ Lilly lächelte. „Wir freuen uns immer, ein paar Tage mit dir zu verbringen.“

Markus nickte zustimmend.

„Meine kluge Frau hat Recht. Bleib ruhig eine Woche. Wir könnten gemeinsam die Pisten unsicher machen oder ein paar lange Spaziergänge mit Hannibal unternehmen. Er liebt es, wie ein Schneepflug durch die weiße Landschaft zu düsen, sodass es zu allen Seiten spritzt.“

Der Neufundländer, der seinen Namen gehört hatte, stand auf, trottete zu Markus und legte seinen riesigen Kopf auf dessen Schoss.

„Kluger Junge! Wollen wir eine kleine Runde um den Block drehen?“

Markus erhob sich und Hannibal trabte zur Tür.

„Siehst du, er versteht jedes Wort. Kommst du mit, Jonas?“

Dieser zögerte.

„Ich wollte Lilly beim Abräumen helfen.“

Sie winkte ab.

„Ich mache das schon. Dir schadet ein wenig Bewegung sicher nicht – nach der langen Autofahrt und dem Essen. In der Christmette sitzen wir wieder.“

Mit einer resoluten Handbewegung scheuchte Lilly die beiden Männer zur Tür.

Markus gab ihr einen Kuss auf die Wange.

„Wir sind in zehn Minuten zurück.“

Bei ihrer Rückkehr umrundete der Neufundländer Jonas Auto, schnüffelte an der Beifahrertür und bellte herausfordernd.

„Was ist los, Hannibal?“ Markus blickte ins Wageninnere. „Was liegt dort auf dem Sitz? Hast du etwas im Auto vergessen?“

„Nicht, dass ich wüsste.“ Jonas öffnete die Tür und beugte sich über das Polster. „Nanu. Eine EC-Karte und was ist das?“ Er hob einige Daunen auf und betrachtete sie nachdenklich.

Markus nahm ihm beides aus der Hand.

„Sie gehört einer Christiane Bucher.“

„Oje, Chrissie muss sie vorhin verloren haben.“

„Ruf sie an, sag ihr Bescheid und bring ihr das gute Stück in den nächsten Tagen vorbei. Ist doch kein Drama, wenn sie bei ihrer Familie wohnt, wie du sagtest.“

„Ich habe ihre Nummer nicht.“

„Tja, dann solltest du morgen früh hinfahren. Zum Glück weißt du, wo sie wohnt.“

Sie betraten das Haus. Markus legte die EC-Karte auf eine hölzerne Anrichte in der Diele.

„Hallo, Schatz. Bitte lass sie dort liegen. Sie gehört Jonas temperamentvoller Beifahrerin.“

Lilly nickte und Jonas ergänzte: „Ich bringe die Karte morgen nach Oberstdorf. Hoffentlich sucht Chrissie nicht wie verrückt danach. Erst der Ärger im Büro, danach der verpasste Zug und die Pizza, die auf meiner Jacke gelandet ist und nun das. Sie scheint Chaos magisch anzuziehen. Ein echter Unglücksrabe."

Mit großen Schritten ging er ins Wohnzimmer.

Markus hingegen betrachtete die weißen Daunen in seiner Hand, zeigte sie Lilly und murmelte: „Oder ein verzauberter Schwan. Wer weiß?"

Sie tauschten amüsierte Blicke.

Die Bescherung im Hause Bucher begann mit einer musikalischen Einstimmung. Meike setzte sich ans Klavier und die übrigen Anwesenden sangen „Kommet, ihr Hirten" und „Leise rieselt der Schnee".

„Stille Nacht" stimmte Katja auf Englisch an, was bei Onkel Paul für Unmut sorgte.

„Das ist das schönste deutsche Weihnachtslied. Warum singst du es auf Englisch?"

„Genau genommen ist es ein österreichisches Weihnachtslied, Onkel Paul", korrigierte Meike freundlich, aber bestimmt.

„Richtig und ich bin gerade aus den USA zurück und singe es eben auf Englisch."

Katjas Miene nahm einen sturen Ausdruck an und bei ihrer Mutter schrillten alle Alarmglocken.

„Schatz, bitte reiß dich zusammen."

Onkel Paul allerdings hatte das Thema noch nicht abgehakt.

„Wusstet ihr, dass dieses Lied 2011 von der UNESCO zum immateriellen Weltkulturerbe ernannt wurde?"

„Ich dachte, die nominieren nur Gebäude oder Landschaften“, erwiderte Chrissie verblüfft.

Tante Rosie reichte den Gebäckteller herum.

„Diese Kipfel schmecken ganz wunderbar. Die müsst ihr unbedingt probieren.“

Ingrid schüttelte entsetzt den Kopf.

„Doch nicht beim Singen, Rosie!“

Katja stöhnte.

„Vermutlich gehören Christstollen inzwischen auch zum Weltkulturerbe.“

Unwillig runzelte Onkel Paul die Stirn.

„Das wäre mir neu, aber es gibt tatsächlich traditionelle Speisen, die dazu gezählt werden. Die französische Küche zum Beispiel.“

„Super. Darf ich das Lied dann auf Französisch singen?“ Während Katja beleidigt die Arme verschränkte, stupste Chrissie die am Klavier sitzende Meike an und flüsterte: „Weißt du, momentan finde ich Nathans Berufswahl sehr attraktiv. Nicht bei jedem Familienfest dabei zu sein, hat definitiv Vorteile ... Wenn das so weiter geht, fange ich auch an, Medizin zu studieren.“

Die weihnachtliche Bescherung bei Lilly und Markus hielt sich in einem bescheidenen Rahmen, da sie an den beiden folgenden Tagen mit ihren Eltern und Geschwistern feiern würden. Jonas überreichte die gekauften Bücher und bedauerte erneut das ungeplante Dahinscheiden des Blumenstraußes. Durch das Rascheln des tannengrünen Geschenkpapiers fiel ihm Chrissie wieder ein und was die Zeitverzögerung durch das Einpacken seiner Mitbringsel für sie bedeutet hatte. Er dachte an ihre Bedenken, mit ihm zu fahren, an die gemeinsame Zeit im Auto und die Begrüßung ihrer Schwester Katja, die Chrissie sichtlich peinlich gewesen war. Tief in Gedanken versunken stahl sich ein Lächeln auf sein Gesicht.

„Hey, aufwachen! Ich möchte mich bei dir bedanken." Kopfschüttelnd sah Markus ihn an.

„Schläfst du schon vor der Christmette ein? Das kann ja heiter werden."

„Entschuldige, ich war gerade ..."

„Ganz weit weg? Das habe ich gemerkt. Danke für den Krimi. Er fehlte noch in meiner Sammlung. Ich werde ihn sofort nach den Feiertagen lesen", sagte Markus lächelnd.

Lilly und er hatten Jonas wiederum ein Buch mit Wanderrouten der Region geschenkt.

„Nicht ganz uneigennützig, wie wir zugeben müssen." Verschmitzt musterte Markus den Freund.

„Wir hoffen, dass du in Zukunft öfter mal vorbeikommst, um die Touren mit uns auszuprobieren."

Die beiden Männer steckten ihre Köpfe über dem Geschenk zusammen, derweil Lilly alle Kerzen löschte.

„Ich störe nur ungern, aber langsam müssen wir uns fertig machen. Oder möchtest du lieber hierbleiben, Jonas?"

„Nein, nein! Ich komme mit."

In Oberstdorf hatte Meike den Klavierhocker verlassen, Hermann den familiären Weihnachtsfrieden wiederhergestellt und das allgemeine Beschenken schritt voran.

„Oh, du hast Mutters altes Makronen-Rezept ausprobiert? Das ist großartig, Rosie!" Chrissies Mutter schaute mit verklärter Miene in eine geöffnete Weihnachtsdose. „Die müsst ihr unbedingt probieren. Als Kind habe ich sie geliebt."

Sie reichte die Plätzchen herum und Tante Rosie erntete allgemeine Anerkennung für ihre Backkunst.

Chrissie probierte ebenfalls eine Makrone.

„Hm! Die sind wirklich lecker."

Sie sah die Freude ihrer Tante über das Lob. Kein Wunder, denn von Onkel Paul waren wohl eher selten Begeisterungsstürme zu erwarten. Schnell überreichte sie Rosie ihr Geschenk – ein von Meike verpacktes Backbuch.

Währenddessen drückte Hermann Chrissie ein weiches Päckchen in die Hand.

„Für den ‚Naturburschen' unter unseren Töchtern", fügte er augenzwinkernd hinzu.

Es enthielt einen dicken Wollschal mit passender Pudelmütze. Beide zierte ein blau-weißes Norwegermuster. Sofort schlang Chrissie den warmen Schal um ihren Hals und setzte die Kopfbedeckung auf.

„Danke. Sie sind wunderschön und kuschelig. Nun steht einer langen Wanderung durch den Schnee nichts mehr im Weg."

„Die Farben passen sehr gut zu deiner Jacke", lobte Meike.

„Du siehst aus, wie einer der Wichtel vom Weihnachtsmann." Diese Bemerkung stammte selbstredend von Katja und rief umgehend Onkel Paul auf den Plan.

„Der Weihnachtsmann ist im Grunde ein verkappter Nikolaus. In unseren Breiten sollte eher vom Christkind die Rede sein, sofern wir uns einer kindlichen Darstellung bedienen."

„Seit wann arbeitet das Christkind mit Wichteln zusammen?“, erkundigte sich Katja spöttisch.

„Es gibt keine Wichtel! Und Chrissie sieht entzückend aus“, ging Ingrid energisch dazwischen.

„Lebkuchen, ihr Lieben?“

Strahlend präsentierte Tante Rosie den Schwestern einen bunten Teller.

3. Kapitel

Am Weihnachtsmorgen erwachte Chrissie gegen acht Uhr. Im Haus war es noch still, was sie nach dem turbulenten Familienabend sehr genoss. Sie entschied, zu einem Morgenspaziergang aufzubrechen, um die Ruhe so lange wie möglich auszukosten. Schnell schlüpfte sie in warme, bequeme Kleidung, trank in der Küche im Stehen eine Tasse Tee und stibitzte etwas Christstollen. Sobald sie hörte, dass ihre Mutter ins elterliche Badezimmer ging, kritzelte sie eine kurze Nachricht auf einen Zettel und schlich aus dem Haus.

Sie war erst wenige Meter weit gekommen, als ein wohlbekanntes Sportcoupé neben ihr abbremste und die Scheibe heruntergelassen wurde.

„Guten Morgen!", ertönte es fröhlich.

„Guten Morgen und frohe Weihnachten!", erwiderte Chrissie äußerst erstaunt. Ihr Herz machte unwillkürlich einen Satz. „Was machst du denn hier?"

Die Scheibe surrte wieder hinauf, der Motor wurde abgestellt und Jonas schwang sich aus dem Wagen. Während er sich näherte, wedelte er mit einem kleinen, flachen Gegenstand in der Luft herum.

„Vermisst du nichts?"

Chrissie nahm die dargereichte Bankkarte in die Hand. Ein überraschter Ausruf entfuhr ihr.

„Meine EC-Karte! Wo hast du sie gefunden?"

„Auf dem Beifahrersitz."

Seine Aussage wurde von einem donnernden Gebell untermauert. Erschrocken warf Chrissie einen Blick durch die Autoscheibe.

„Was war das?"

Ein riesiger schwarzer Kopf erschien am Seitenfenster.

„Die Frage sollte wohl eher lauten: Wer war das? Darf ich vorstellen: Hannibal. Ich schätze, er wollte mich korrigieren, denn eigentlich hat er deine Karte entdeckt."

Jonas öffnete die Fahrzeugtür und der massige Neufundländer stieg würdevoll aus dem Auto. Anschließend schnüffelte er an Chrissie und wedelte mit dem Schwanz, wobei er den sorgsam zusammengekehrten Schnee vom Fahrbahnrand gleichermaßen auf den Gehweg zurückschaufelte und die Zweibeiner von oben bis unten mit einer weißen Puderschicht versah.

„Aufhören, Hannibal!", befahl Jonas lachend. „Entschuldige bitte und sieh es als Kompliment: Er mag dich."

„Und ich ihn. Er scheint ein netter Kerl zu sein." Chrissie kraulte den Hund ausgiebig, wodurch sich das Schwanzwedeln noch verstärkte. „Hast du ihn unter dem Weihnachtsbaum gefunden?"

„Um Himmels Willen, nein! Er gehört Lilly und Markus und da ich heute raus in die Natur will, während sie bei Lillys Familie Weihnachten feiern, verbringt Hannibal den Tag mit mir."

„Planst du eine Überquerung der Alpen mit diesem vierbeinigen Feldherrn?"

„Ich bin zwar gerne draußen, aber übertreiben wollte ich es heute nicht." Jonas leinte den Neufundländer an.

„Wir werden uns lediglich ein bisschen den Wind um
die Nase wehen lassen und dabei Schnee und Sonne genießen."

„Das hatte ich auch gerade vor."

„Tatsächlich?"

„Um ehrlich zu sein, wollte ich dem Trubel entgehen.
Der gestrige Abend war ... wie soll ich sagen ...?"

„Anstrengend?", schlug er vor.

„Das trifft es."

„Und jetzt suchst du draußen in der Natur Einsamkeit
und Frieden?"

„Richtig."

„Dürfen Hannibal und ich dich ein Stück begleiten?
Wir sind auch ganz still – falls gewünscht."

Die Sonne schien in Jonas Gesicht und verstärkte das
Funkeln seiner braunen Augen, die Chrissie erwartungsvoll anblickten. Ihre Herzfrequenz verdoppelte
sich schlagartig. Sie spürte, wie sehr sie sich über sein
Erscheinen freute.

„Gern", antwortete sie.

„Welche Route hattest du geplant?"

„Keine bestimmte, ehrlich gesagt. Ich war noch nicht
oft bei meinen Eltern in Oberstdorf zu Besuch."

„Dann muss sich mein Weihnachtsgeschenk bewäh-
ren."

Mit einem Griff zog Jonas das Wanderbuch aus seiner
Innentasche und schlug es auf.

„Gut, dass ich gestern kurz darin gestöbert habe. Ich
schlage diesen für den Winter empfohlenen Rundgang
von etwa fünf Kilometern vor."

„Großartig. Du bist nicht nur Taxifahrer, sondern auch Fremdenführer. Welche Talente verbirgst du noch?"

„Finde es heraus, wenn du willst."

Er lächelte sie verschmitzt an. Chrissies Herz machte einen Satz und ihre Wangen verfärbten sich, weshalb sie schnell den Blick abwandte und mit dem Finger in die vermutete Richtung zeigte.

„Da entlang?"

„Ja, genau. Komm, Hannibal!", forderte Jonas den Neufundländer auf, der fröhlich lostrabte.

Eine gute Stunde später näherten sie sich wieder dem Heim der Buchers. Ein wunderschöner Spaziergang durch die tiefverschneite Landschaft mit einem äußerst ausgelassenen Hannibal lag hinter ihnen, als sie die ersten Häuser des Ortes erreichten. Bei strahlendem Sonnenschein hatte Jonas einiges über Chrissies Familie und den vorangegangenen Abend erfahren. Ihre Unterhaltung war leicht und unbeschwert gewesen. Nun löcherte sie ihn.

„Du hast deinen Vater seit zwanzig Jahren nicht gesehen und kennst deine Halbbrüder nicht?"

„Australien liegt nicht gerade um die Ecke und da er sich nie meldet, sah ich keinen Grund für einen Besuch in Down Under."

Jonas zuckte gleichmütig mit den Achseln, Chrissie jedoch glaubte nicht, dass die Abwesenheit seines Erzeugers so bedeutungslos für ihn war, wie er ihr vermitteln wollte. Trotzdem ließ sie das Thema fallen.

„Und deine Mutter?"

„Kreuzt mit meinem Stiefvater über den Jahreswechsel gewöhnlich in der Karibik umher. Einmal bin ich mitgefahren, aber ganz ehrlich, das war nicht mein Ding.“

Er blieb stehen und deutete auf die verschneite Umgebung. „Ich liebe den Winter und die Berge. Weihnachten unter Palmen, mit dutzenden Anderen im Pool auf dem Oberdeck oder bei sonstigen Massen-Belustigungen, dem konnte ich einfach nichts abgewinnen.“

Versonnen sah Chrissie ihn an. Sie empfand Bedauern, weil seine Eltern Jonas offensichtlich nicht das gegeben hatten, was sie selbst mit dem Begriff „Familie“ verband.

Nachdenklich sagte sie: „Das verstehe ich. Obwohl Katja und mein Onkel unglaublich anstrengend sein können, möchte ich nicht mit dir tauschen.“

Im selben Moment bereute sie ihre leichthin ausgesprochenen Worte und senkte betroffen den Kopf. Jonas jedoch schob seine Hand sanft unter ihr Kinn und zwang sie mit leichtem Druck, den Kopf zu heben und ihn anzusehen.

Sekunden verstrichen, bis er leise sagte: „Keine Sorge: Lilly und Markus sind wie eine Familie für mich. Bei ihnen fühle ich mich zuhause.“

Ein Schauder rieselte ihren Rücken hinunter. Konnte er tatsächlich ihre Gedanken lesen? Schon in München hatte er ausgesprochen, was sie bewegte. Es war beinahe unheimlich, dass er stets genau zu wissen schien, was in ihr vorging. Schnell versuchte Chrissie, ihr Gefühlschaos zu überspielen, indem sie mit einem ironischen Unterton anmerkte: „Und trotzdem feierst du jetzt nicht mit ihnen, sondern spazierst mit einem Leih-Hund und einer beinahe Fremden durch den Schnee."

Jonas sah Chrissie noch immer an. Dabei hielt er sie fest in seinem Bann. Es schien unmöglich, sich abzuwenden und seines Zaubers zu entziehen. Plötzlich blitzte Schalk in seinen braunen Augen auf, denen der Sonnenschein einen besonderen Glanz verlieh.

„Wieso fremd? Ich habe doch gestern und heute eine ganze Menge über dich erfahren."

Chrissie schluckte, schwieg jedoch, während sie sich in seinem Blick zu verlieren glaubte. Erst jetzt zog Jonas langsam seine Hand zurück und ließ ihr Kinn los.

„Selbstverständlich hätte ich mitgehen können zu Lillys Familie. Sie sind sehr nett. Aber ich habe befürchtet, du würdest deine Karte vermissen und mir die Polizei auf den Hals hetzen, aus Sorge, ich könnte dein Konto leerräumen und mit deinen Ersparnissen das Weite suchen. Mein Kennzeichen hast du ja ..."

Da war sie wieder, die Leichtigkeit in seiner Stimme. Chrissie lächelte.

„Niemals würde ich dir so etwas zutrauen."

„Das beruhigt mich. In Bezug auf Weihnachten hast du übrigens Recht. Vielleicht fahre ich später zur Familienfeier. Nachdem ich den Großstadttrubel der letzten Monate hier draußen hinter mir gelassen und in der Natur Ruhe gefunden habe, bin ich eventuell bereit, mich erneut ins Getümmel zu stürzen."

„Ich weiß genau, was du meinst. Mir bedeuten diese Auszeiten auch viel. Leider müssen wir einen Zahn zulegen. Um zehn gibt es bei uns Frühstück und meine Mutter ..."

„... versteht keinen Spaß, wenn du dich verspätest. Wo habe ich das bloß schon einmal gehört?"

Chrissie sah Jonas an. War das der Mann, den sie gestern zu hassen beschlossen hatte? Unmöglich! Zwischen ihnen herrschte eine so wunderbare Vertrautheit, ein unsichtbares Band, als ob sie seit Jahren befreundet seien.

Er unterbrach ihre Gedanken, indem er fragte: „Magst du in den nächsten Tagen noch einmal eine Runde mit uns drehen?"

„In den nächsten Tagen? Sagtest du nicht gestern, du würdest spätestens übermorgen nach München zurückfahren?"

„Vielleicht habe ich etwas in der Art erwähnt, aber Lilly und Markus haben mich eingeladen, über Silvester zu bleiben und ich denke ernsthaft darüber nach, ihr Angebot anzunehmen."

Sie hatten das Auto erreicht und bevor Chrissie antworten konnte, bogen Meike und Katja mit zwei Schneeschippen bewaffnet um die Ecke.

„Da ist sie ja, unsere herzlose Schwester, die alle Arbeit auf unseren zarten Schultern ablädt." Katja stemmte die Hände in die Hüften. „Und Jonas ist wieder da. Dafür, dass ihr nicht zusammen seid, verbringt ihr ziemlich viel Zeit miteinander."

Sie lehnte die Schneeschaufel gegen den Holzzaun und näherte sich zielstrebig.

„Oh, nein", murmelte Chrissie entnervt.

Jonas grinste verständnisvoll.

„Familie ist etwas Großartiges. Wolltest du das sagen?"

Katja hatte sie fast erreicht, wich aber Hannibal aus, der sich interessiert näherte, um sie zu beschnuppern.

„Wow! Ist das ein Mammut oder ein Hund?"

„Ein Schwarzbär", konterte Jonas. „Wir haben ihn in den Bergen gefunden."

„Ihr wart heute Morgen in den Bergen?"

„Das war ein Witz!" Chrissie verdrehte die Augen. „Jonas ist hergekommen, weil ich etwas in seinem Wagen verloren hatte. Wir haben uns getroffen, als ich einen Spaziergang machen wollte."

Inzwischen war auch Meike zu ihnen gestoßen.

„Guten Morgen."

„Das ist meine Schwester Meike. Katja kennst du ja."

„Frohe Weihnachten."

Jonas schüttelte der ältesten der drei Schwestern die Hand. Wie er belustigt feststellte, hielt Katja dieses Mal aufgrund des Neufundländers gebührenden Abstand zu ihm.

„Das Frühstück ist gleich fertig. Soll ich Bescheid sagen, dass wir einen Gast haben?"

Meike musterte Jonas unaufdringlich.

Schnell antwortete er: „Nein, vielen Dank."

Mit einem Augenzwinkern in Chrissies Richtung setzte er hinzu: „Mein Auftrag ist erledigt. Ich muss los."

„Ein gutes Stichwort", fand Meike, die sah, wie schwer Chrissie der Abschied fiel. „Wir bringen schon mal das Zeug in die Garage und sagen Bescheid, dass du aufgetaucht bist. Nett, dich kennengelernt zu haben, Jonas."

Energisch packte Meike die Schneeschaufel mit der einen und die protestierende Katja mit der anderen Hand und zog sie mit einem eisernen Griff hinter sich her.

Jonas sah ihnen versonnen nach.

„Deine Schwestern sind charakterlich sehr unterschiedlich, obwohl ihr euch äußerlich alle drei erstaunlich ähnelt.“

„Allerdings. Katja ist die mit der großen Klappe, Meike die Vernünftige und Zuverlässige.“

„Und wie bist du?“

„Das musst du selbst herausfinden.“

Erschrocken biss sich Chrissie auf die Lippen. Was ihr so unüberlegt herausgerutscht war, klang wie eine Aufforderung, sie wiederzusehen. Und trotz eines angenehmen Prickelns, das diese Vorstellung auslöste, sperrte sich ihr Verstand gegen die Empfindung. Da fiel ihr ein, dass Jonas zuvor eine ähnliche Bemerkung gemacht hatte.

Während Chrissie mit ihren widerstreitenden Gefühlen kämpfte, beförderte er seinen vierbeinigen Begleiter mit Nachdruck ins Auto und schloss die Tür.

„Mit Lilly und Markus werde ich zwischen den Jahren einige längere Touren unternehmen. Hättest du Lust mitzukommen? Ihr werdet euch sicher gut verstehen.“

„Sehr gerne. Ich liebe Wanderungen durch den Schnee.“

„Abgemacht.“

„Jetzt muss ich aber reingehen.“

Unentschlossen setzte sich Chrissie in Bewegung. Als Jonas überraschend ihre Hand ergriff und sie zurückhielt, durchfuhr seine Berührung ihre Haut wie elektrischer Strom.

„Nicht so schnell. Zuerst brauche ich deine Telefonnummer“, sagte er sanft.

„Oh! Natürlich. Bitte entschuldige.“

Chrissie errötete leicht. Mit klopfendem Herzen diktierte sie ihm ihre Nummer und lief eilig zum Haus ihrer Eltern. An der Tür angekommen, drehte sie sich um. Jonas stand noch an derselben Stelle und sah ihr unverwandt nach. Sie hob die Hand, winkte kurz und verschwand im Inneren.

Beim Ausziehen der Jacke machte sich ihr Smartphone bemerkbar und auf dem Display erschien eine Nachricht.

Ich freue mich schon

las sie.

„Ich mich auch", murmelte Chrissie und fühlte sich so leicht und frei wie noch nie in ihrem Leben.

4. Kapitel

„Wieso hast du nicht Bescheid gesagt?"

Ingrid bedachte Chrissie mit einem vorwurfsvollen Gesichtsausdruck, während sie die hartgekochten Eier abschreckte.

„Wir hätten doch gemeinsam einen Spaziergang machen können."

„So früh am Morgen? Bist du verrückt? Es stehen ja nicht alle mit den Hühnern auf."

Katja machte eine abwehrende Handbewegung.

„Trotzdem: Weihnachten ist schließlich ein Familienfest. Wo kommen wir hin, wenn jeder macht, was er will?"

„Wir können gerne später eine gemeinsame Runde drehen", beschwichtigte Chrissie. „Wisst ihr eigentlich, wie glücklich ihr euch schätzen dürft, solch ein Winterwunderland vor der Haustür zu haben? Kein Vergleich zur Großstadt."

„Du warst schon immer ein Landei."

Kopfschüttelnd balancierte Katja zwei übervolle Brotkörbe zur Tür.

„Ich hätte noch stundenlang durch die weiße Pracht laufen können!"

Träumerisch sah Chrissie aus dem Küchenfenster.

„Ganz sicher: Bei der Begleitung!"

Ein unverschämter Ausdruck breitete sich auf dem Gesicht ihrer Schwester aus, bevor sie im Esszimmer verschwand.

„Was soll das heißen?"

Misstrauisch nahm Ingrid ihre Tochter in Augenschein.

„Nichts, Mama.“

Tatendurstig betrat Meike die Küche.

„Soll ich etwas rüber tragen?“

Umgehend drückte Ingrid ihrer Ältesten ein vollbeladenes Tablett in die Hand.

„Vorsichtig mit den Gläsern und der Kanne!“

„Scheint nett zu sein, dieser Jonas“, sagte Meike an Chrissie gewandt.

„Wie bitte? Was meint sie damit?“

Ingrid klang alarmiert, was Chrissie veranlasste, genervt die Augen zu verdrehen. Meike hingegen machte ein schuldbewusstes Gesicht und schlüpfte aus der Küche.

„Gibt es mehr zu erzählen, als du gestern behauptet hast, Chrissie?“

„Nein, Mama.“

„Wie das duftet!“ Ausgeruht und äußerst gut gelaunt erschien Tante Rosie in der geräumigen Küche. „Sei ein Schatz, Chrissie, und hol den Sekt aus dem Kühlschrank. Ich habe ihn gestern hineingelegt. Er passt hervorragend zum Orangensaft, den Meike gerade gebracht hat.“

Für kurze Zeit war Ingrid abgelenkt.

„Alkohol am Morgen? Muss das sein, Rosie?“

„Spricht etwas gegen ein Sektfrühstück? Es ist immerhin Weihnachten.“

Amüsiert griff Chrissie in den Kühlschrank. Was Jonas wohl von ihrer verrückten Familie halten würde, wenn sie ihn eingeladen hätte?

Bevor sie sich setzte, stellte Chrissie die Flasche neben dem Orangensaft ab.

Katja fing an zu kichern.

„Willst du uns vergiften?"

„Wieso?"

„Du würdest es wahrscheinlich gar nicht bemerken, so verliebt, wie du aus der Wäsche guckst, aber ich möchte meinen Saft nicht mit Essig garnieren."

„Was?"

Nun begann auch Meike zu lachen, Rosie hingegen schüttelte entsetzt den Kopf.

„Kleines, du wirst hoffentlich einen guten Sekt von Balsamico-Essig unterscheiden können?"

„Äh ..."

„Die Essigaufbereitung lässt sich mühelos bis zu den Hochkulturen des Altertums zurückverfolgen. Sie zählt zu den ältesten Lebensmittelherstellungsverfahren in der Menschheitsgeschichte", ließ sich Onkel Paul vernehmen.

„Wahnsinnig interessant!", unkte Katja.

„Das ist es tatsächlich, meine Liebe. Bereits die alten Ägypter und Babylonier stellten Essig her. Und die römischen Legionen machten ungenießbares Wasser durch die Beigabe von Essig zu Trinkwasser. Im Mittelalter wurde er zur Desinfektion und als Heilmittel verwendet. Als Gift allerdings eher weniger."

„Na dann, Prost. Essig zum Weihnachtsfrühstück. Ich hätte in den USA bleiben sollen ..."

In der Zwischenzeit hatte sich Hermann am Kopfende des großen Tisches niedergelassen.

„Chrissie, bring die Flasche bitte in die Küche und Rosie, wie wäre es, wenn wir heute Abend mit deinem Sekt anstoßen würden?"

„Eine sehr gute Idee", pflichtete ihm Ingrid erleichtert bei. „Lasst es euch schmecken!"

Jonas hatte auf der Rückfahrt nach Sonthofen an einer Tankstelle gestoppt, eine riesige Pralinenschachtel und zwei Blumensträuße gekauft und war mit Hannibal zum verwaist daliegenden Holzhaus zurückgekehrt, wo er sich umzog. Das eine Gesteck aus bunten Blüten stellte er in einer großen Vase auf den Tisch, das andere sowie die Pralinenmischung nahm er in die Hand. Dann schnalzte er leise mit der Zunge und öffnete die Tür.

„Komm, Großer. Wir gehen zu Lillys Familie und schauen, was es dort Gutes zu Mittag gibt. Verflixt, wo habe ich nur deine Leine hingetan?"

Der Neufundländer, der in seinem gigantischen Korb gelegen und jede Bewegung genau beobachtet hatte, erhob sich bereitwillig und folgte Jonas hinaus.

Von früheren Besuchen her wusste der Vierunddreißigjährige, wo Lillys Eltern wohnten und da es nicht allzu weit war, machte er sich mit Hannibal zu Fuß auf den Weg.

Am Gartentor gab der Neufundländer ein eindrucksvolles Bellen von sich und kündigte die Besucher an. Markus und Lilly waren überrascht, Jonas und ihren Vierbeiner so schnell wieder zu sehen, freuten sich aber ebenso wie alle übrigen Anwesenden.

„Wolltest du den Tag nicht in der Natur verbringen?", erkundigte sich Markus belustigt.

„Längst erledigt. Hannibal und ich haben in Oberstdorf einen großartigen Spaziergang gemacht. Euer
‚Zwergpony‘ sah zwischenzeitlich aus wie ein Eisbär, so
tief ist er durch den Pulverschnee gepflügt.“

„Hast du Chrissie angetroffen und ihr die Karte gegeben?“, erkundigte sich Lilly interessiert.

Ein Lächeln umspielte Jonas Lippen.

„Ja. Sie war sehr erstaunt, weil sie den Verlust gar
nicht bemerkt hatte.“

„Und?“

„Nichts und! Sie wollte zufällig just in dem Moment
zu einem Morgenspaziergang aufbrechen und Hannibal und ich haben sie begleitet. Euer Buch war dabei übrigens sehr hilfreich.“

„Wirklich? Das ist ja toll.“

Jonas überreichte Lillys Eltern die Mitbringsel und
schien nicht gewillt, weitere Auskünfte zu erteilen.

Belustigt sahen Markus und seine Frau sich an.

„Meinst du, unser Dauer-Single ist endlich dabei, sich
zu verlieben?“, flüsterte er ihr zu.

„Keine Ahnung. Schade, dass wir keine Wanze an
Hannibals Halsband befestigt hatten. Sonst wüssten
wir jetzt vielleicht mehr …“

Nach dem Frühstück sah Chrissie fragend in die
Runde.

„Wollen wir spazieren gehen?“

„Bist du wahnsinnig? Wir haben uns gerade den
Bauch vollgeschlagen.“

Entsetzt zog Katja die Augenbrauen hoch.

„Nach dem Essen sollst du ruh’n oder tausend
Schritte tun“, gab Onkel Paul weise von sich.

Ingrid erhob sich.

„Ein wenig Bewegung schadet sicher nicht, aber helft mir bitte zuerst, die Küche aufzuräumen."

Katja war alles andere als begeistert.

„Was macht ihr bloß für einen Stress? Es ist Weihnachten. Da sollten wir es gemütlich angehen lassen."

Über seine Brille hinweg sah Onkel Paul sie belehrend an. „Die Deutschen lassen es größtenteils viel zu gemütlich angehen. Laut einer vor wenigen Jahren erstellten amerikanischen Studie, nehmen wir alle gemeinsam über die Feiertage etwa zweiundsiebzig Millionen Kilogramm an Gewicht zu. Im Durchschnitt also etwa achthundert Gramm pro Person."

„Ach, du liest Studien aus den USA? Das hätte ich nicht gedacht."

„Du magst Recht haben, Paul, aber was wären die Festtage ohne ein Festessen? Ohne Plätzchen und Kuchen? Und hin und wieder ein edles Tröpfchen?", fragte Tante Rosie resolut.

„Ich habe nicht von euch verlangt, an Weihnachten zu fasten, es war lediglich ein Verweis auf unbestreitbare Tatsachen."

Meike begann abzuräumen.

„Fakt ist aber, dass ein langer Spaziergang diesem Problem entgegenwirkt. Wer kommt deshalb mit?", fragte sie.

„Wir alle", entschied Ingrid. „In einer halben Stunde geht es los. Zieht euch warm an, es ist wunderschön und gleichzeitig sehr kalt draußen."

Katja erhob sich seufzend.

„Leiht mir jemand eine Mütze? Außer Chrissie. Ich will auf keinen Fall herumlaufen wie ein verschrobener Wichtel aus dem Winterwald. Was hat Jonas übrigens zu deiner Vermummung im traditionellen Landhausstil gesagt?"

Für diesen Nachtrag kassierte Katja eine Salve wütender Blicke ihrer Schwestern und Hermann drückte seiner vorlauten Jüngsten einen Stapel Geschirr in die Hände.

„Du solltest lieber mit anpacken, anstatt Chrissie zu ärgern. Ein friedliches Beisammensein ist ebenfalls Teil der von dir beschworenen Gemütlichkeit."

Eine halbe Stunde später schlug das Familienoberhaupt denselben Weg ein, den Chrissie am Vormittag mit Jonas und Hannibal gegangen war.

„Wie lang ist die Strecke denn?", erkundigte sich Katja.

„Wie alt bist du eigentlich?" Chrissie wandte ihr Gesicht der Sonne zu, die ihre Strahlen vom beinahe wolkenlosen Himmel zur Erde sandte. „Du hast schon früher bei jedem Ausflug den berühmten Satz gesagt: Sind wir bald da?"

„Entschuldige, dass ich nicht so ein Frischluftfanatiker bin wie du."

„Hört auf, ihr zwei. Es ist schrecklich, euch zuzuhören", beschwerte sich ihre Mutter.

Meike versuchte es mit einem Ansatz von Diplomatie.

„Wir können auch eine andere Strecke laufen."

„Warum? Diese ist landschaftlich wunderschön. Ich gehe sie gerne noch einmal", widersprach Chrissie.

„Woher weißt du das? Wir sind hier bisher nie mit euch entlang gegangen."

„Ha!", triumphierte Katja. „Wahrscheinlich ist Chrissie heute Vormittag mit Jonas …"

„Wahnsinn! Dieser blaue Himmel! Schaut doch mal!" Schnell packte Meike Katja am Arm und zog sie energisch hinter sich her. „Spar dir deinen Atem für die nächste Steigung. Das ist besser für den Familienfrieden."

Ingrid hakte sich derweil bei Chrissie unter.

„Nun erzähl mal, wieso du diesen Jonas heute früh schon wieder getroffen hast. Ich dachte, er sei in Sonthofen."

„Er ist spazieren gegangen. Da ist doch nichts dabei."

„Von Sonthofen bis nach Oberstdorf? Um die Tageszeit?"

„Nö, er kam mit dem Auto", rief Katja über die Schulter. „Er hat Chrissie irgendetwas gebracht."

„Denk an die Steigung!", mahnte Meike.

Am Abend spielte Chrissie mit ihren Eltern und Tante Rosie Canasta, während Meike auf ihrem Zimmer ein langes Telefonat mit Nathan führte und Onkel Paul im Sessel in ein Buch über die Kuba-Krise vertieft war. Katja lag auf dem Sofa und widmete ihre Aufmerksamkeit jeweils zur Hälfte einem kitschigen Weihnachtsfilm und diversen Grußbotschaften aus aller Welt.

Von der Filmmusik abgelenkt, sah Onkel Paul von seiner Lektüre auf.

„Du solltest dich lieber auf *eine* Beschäftigung fokussieren, anstatt auf mehreren Hochzeiten gleichzeitig zu tanzen."

„Ich tanze nicht. Ich entspanne. Außerdem kenne ich den Film bereits."

„Sie hat ihn höchstens fünfundzwanzig Mal gesehen", warf Chrissie spöttisch ein und legte eine Karte ab.

Ihr Vater freute sich.

„Auf die habe ich die ganze Zeit gewartet."

Umgehend beendete er das Spiel.

Betrübt betrachtete Chrissie ihr Blatt.

„Ich habe heute kein einziges Mal gewonnen."

„Tja, *Pech im Spiel, Glück in der Liebe*", flachste Katja in sicherer Entfernung.

Onkel Paul blickte erneut tadelnd auf. „Wenn du zeitgleich auf deinem Smartphone herumtippst und mit deiner Schwester diskutierst, verpasst du den halben Film, wobei das wahrscheinlich kein Grund ist, Trübsal zu blasen. Der Inhalt erscheint mir höchst vorhersehbar."

„Richtig. Es ist eine romantische Schnulze, bei der ich mich sehr gut entspanne. Solltest du auch mal probieren."

„Nein, vielen Dank für das Angebot."

Onkel Paul verschwand schleunigst wieder hinter den Buchseiten.

„Jetzt hole ich aber den Sekt."

Entschlossen verschwand Tante Rosie in der Küche.

„Was meint Katja damit, wenn sie behauptet, du hättest Glück in der Liebe?", bohrte Ingrid nach.

„Nichts, Mama. Das ist doch bloß ein altes Sprichwort."

Auf dem Sideboard setzte ein monotones Brummen ein. Sofort schnappte sich Chrissie ihr Mobiltelefon, um einen Blick darauf zu werfen.

„Und?", fragte Katja lauernd.

„Nichts Wichtiges."

„Hört, hört.“

„Ich bin gleich zurück.“

„Wo willst du denn hin?“, fragte Tante Rosie, die in diesem Moment mit sechs gefüllten Sektgläsern hereinkam.

„Sie muss kurz eine unwichtige Nachricht lesen und beantworten“, stichelte Katja.

Im Treppenhaus stieß Chrissie um ein Haar mit Meike zusammen.

„Nanu? Ist die Canasta-Partie beendet?“ „Nein, aber Tante Rosie hat eine Erfrischungsrunde ausgerufen und ich muss kurz etwas erledigen. Du kannst meinen Sekt haben!“

Nachdrücklich schloss Chrissie die Tür und ließ sich aufs Bett fallen. Danach las sie die Nachricht von Jonas.

Ich hoffe, du kamst rechtzeitig zum Frühstück und hattest einen schönen Tag.

Danke, er war ganz nett. Mit meiner Familie bin ich mittags denselben Rundweg entlang spaziert wie heute früh mit Hannibal und dir.

Wie schade. Dann wirst du wahrscheinlich keine Lust haben, die Strecke morgen zum dritten Mal abzulaufen, oder?

Chrissies Herz schlug schneller. Wollte er am zweiten Weihnachtsfeiertag wieder nach Oberstdorf kommen? Ursprünglich hatten sie über die darauffolgenden Tage gesprochen, um mit seinen Freunden wandern zu gehen. Was würde ihre Familie sagen, wenn sie sich an den Festtagen ständig verdrückte?

Wollten deine Freunde nicht morgen zu einem Familienfest?

Auf jeden Fall und ich werde sie nachmittags zu Markus Familie begleiten, aber ein wenig Frühsport kann Hannibal und mir nicht schaden.

Chrissie verspürte Erleichterung und das Einsetzen eines Kribbelns in ihrer Magengegend. Er fragte nach einem erneuten Morgenspaziergang. Außerdem wollte er offenbar allein kommen oder zumindest nur in Begleitung des verschmusten Neufundländers. Morgens würde sie es problemlos bewerkstelligen können, aus dem Haus zu schlüpfen, ohne ihrer Mutter Rechenschaft abzulegen und falls sie sich nicht allzu ungeschickt anstellte, auch ohne Katjas Neugierde zu erregen.

Wenn das so ist ... Die Strecke ist wunderschön.

Wann passt es dir?

Ist acht Uhr zu früh?

Auf keinen Fall. Hanni und ich werden da sein.

Weiß er, wie du ihn nennst?

Die Vorstellung von Hannibal, der heimlich Jonas Handy überprüfte, brachte Chrissie unweigerlich zum Lachen. Sie mochte Jonas lockere Art. Wenn sie ehrlich war, mochte sie eigentlich alles an ihm: Die tiefgründigen braunen Augen, die sportliche Statur, sein ruhiges, ausgeglichenes Auftreten und ganz besonders seinen Humor.

Die Chancen stehen recht gut, denke ich

tippte Chrissie schnell und ergänzte ein paar Smileys mit Lachtränen.

Plötzlich wurde die Zimmertür aufgerissen und Katja streckte ihren dezent geschminkten Kopf herein.

„Mama möchte wissen, wohin du verschwunden bist und Tante Rosie ist ganz außer sich, weil wir dir keinen Sekt übriggelassen haben!"

„Ich habe Meike gesagt, dass ich keinen möchte. Hört hier eigentlich niemand zu?"

„Du kennst doch unsere Tante. Sie glaubt das erst, wenn sie es aus deinem Mund hört."

„Gib mir zwei Minuten."

„Grüß Jonas von mir!"

Die Tür fiel krachend ins Schloss.

„Ganz sicher nicht!", brummte Chrissie leise und wandte sich erneut dem Smartphone zu.

Ich werde um acht vor dem Haus auf dich warten

hatte Jonas in der Zwischenzeit geschrieben.

Ach du Schreck!, dachte Chrissie. *Wie mache ich ihm bloß klar, warum das keine gute Idee ist?*

Nach kurzem Zögern tippte sie:

Ein paar Meter weiter die Straße hinunter wäre mir lieber.

Verstehe!

„Da bin ich mir nicht sicher …“, murmelte sie zweifelnd und beschloss, am nächsten Morgen überpünktlich aufzubrechen, um Jonas entgegenzugehen.

5. Kapitel

Nach ihrer Rückkehr ins Wohnzimmer hatte Chrissie das familiäre Minenfeld elegant umschifft und tunlichst vermieden, Auskünfte über den Grund ihrer Abwesenheit zu erteilen. Schließlich entschuldigte sie sich herzhaft gähnend und verschwand ins Bett.

Gute acht Stunden später wurde sie von einem dezenten Klingelton aus den Träumen gerissen. Sofort fiel ihr der bevorstehende Spaziergang mit Jonas ein und sie eilte voller Elan ins Bad, wo sie sich für eine Katzenwäsche entschied, da Katjas Zimmer direkt an die Duschwand grenzte. Anschließend schlich Chrissie in die Küche. Einer spontanen Eingebung folgend, setzte sie Wasser auf, bestrich zwei Laugenbrezeln mit Butter und packte sie zusammen mit einer Thermoskanne mit frisch aufgebrühtem Tee in ihren Rucksack. Leise zog sie die Haustür hinter sich zu.

Auf dem Gehweg angekommen, beeilte sie sich, das Grundstück ihrer Eltern hinter sich zu lassen, bevor sie ihr Tempo minderte und genießerisch die kalte Morgenluft einsog. In der Ferne ertönte gedämpftes Bellen. Erfreut erblickte sie eine lässig an einem Sportwagen lehnende Gestalt. Jonas! Er war schon da und hatte ein ganzes Stück entfernt geparkt. Eine wohlige Wärme durchflutete Chrissie und sie beschleunigte ihre Schritte.

„Guten Morgen!"

Jonas löste sich von der Beifahrertür und ging ihr zwei Schritte entgegen. Das entrüstete Bellen wurde lauter. Hannibal schien zu fürchten, noch länger im Auto ausharren zu müssen. Jonas ignorierte seine Beschwerde und nahm Chrissie, die mit glühenden Wangen vor ihm stehenblieb, freundschaftlich in den Arm.

„Guten Morgen."

Er trat einen Schritt zurück und bedachte sie mit einem forschenden Blick. Die Empörung im Fahrzeug näherte sich währenddessen ihrem Höhepunkt.

„Entschuldige. Ich glaube, ich muss Hannibal schleunigst aus seinem Gefängnis befreien, sonst weckt er die ganze Straße."

Der Neufundländer verstummte augenblicklich, als die Autotür geöffnet wurde und verließ majestätisch den Innenraum. Jonas strafte er mit Missachtung, Chrissie hingegen wurde freundlich begrüßt. Lachend durchwuschelte sie sein schwarzes Fell.

„Wie gemein von Jonas, dich einzusperren, mein Großer. Das lässt du nicht auf dir sitzen, oder?"

Ein leises „Wuff" bestätigte ihre Vermutung.

„Hör auf, dich wie eine Diva aufzuführen, Hannibal. Es waren höchstens fünf Minuten."

Gnädig ließ sich der Hund anleinen und Jonas verriegelte das Auto.

„Wollen wir?"

„Unbedingt."

Zunächst herrschte Schweigen, aber kaum, dass sie die Straße hinter sich gelassen hatten, konnte Chrissie den Drang, sich zu erklären, nicht weiter unterdrücken.

„Entschuldige. Gestern bat ich dich, etwas abseits zu parken, weil ..."

Sie stockte. Wie sollte sie Jonas die heimische Situation beschreiben?

„Wahrscheinlich wolltest du ein weiteres Zusammentreffen von Katja, Hannibal und mir verhindern."

Erleichtert atmete Chrissie auf.

„So in der Art."

„Kein Problem. Ich verstehe das. Überhaupt bin ich Experte für familiäre Gratwanderungen. Nichts läge mir ferner, als dich in Erklärungsnot zu bringen. Zumal ich befürchte, dass Katja mein ‚Taxi‘ und mich in Beschlag nehmen würde."

Seine Miene verriet eine Mischung aus Belustigung und Verzweiflung.

Chrissie lachte.

„Sie hat keinen besonderen Draht zu Tieren. Solange du Hannibal bei dir hast, bist du vor ihr sicher."

„Ja, sie schien gestern gehörigen Respekt vor ihm zu haben."

Die Sonne, die sich an diesem zweiten Weihnachtsfeiertag bisher geziert hatte, begann nun ihre morgendliche Strahlkraft zu entfalten und die weißen Kristalle auf Bäumen und Blättern funkelten rings um sie herum geheimnisvoll. Hannibal benahm sich wie ein junges Fohlen. Der glitzernde Schnee veranlasste ihn immerzu, den Weg zu verlassen und mitten in die eiskalte Pracht hinein zu springen. Seine ausgelassene Stimmung übertrug sich auf Chrissie und Jonas, die mehrfach herzhaft über ihren vierbeinigen Begleiter lachen mussten.

Etwa bei der Hälfte der Strecke angekommen, hielt sie an einer Bank an.

„Hast du schon gefrühstückt?"

„Nein, ich wollte Lilly und Markus nicht wecken. Normalerweise müssen sie um die Zeit mit Hannibal eine kurze Runde drehen. Da ich oder besser wir das heute Morgen übernehmen, genießen die beiden es, einmal auszuschlafen."

„Dann hast du sicher nichts gegen eine Butterbrezel und einen heißen Tee einzuwenden. Oder bist du ein überzeugter Kaffeetrinker?"

„Ich mag beides."

Staunend betrachtete er die Thermoskanne, die Chrissie aus ihrem Rucksack hervorzauberte. Schnell wischte Jonas den Schnee von der Bank, doch sie wirkte noch immer kalt und wenig einladend. Zu seiner Überraschung reichte ihm Chrissie ein faltbares Sitzkissen.

„Du hast wirklich an alles gedacht."

Nebeneinander nahmen sie Platz und Jonas erhielt einen Becher mit dampfendem Tee sowie die versprochene Brezel. Er prostete ihr zu.

„Auf meine überaus zauberhafte, hervorragend organisierte Begleiterin. An den Service könnte ich mich gewöhnen!"

Verlegen biss Chrissie in ihr Frühstück. Seine Augen funkelten schon wieder. War es Übermut? Nach der katastrophalen Erfahrung mit ihrem letzten Freund hatte sie für eine sehr lange Zeit einen Bogen um alle Single-Männer machen wollen. Bisher war ihr das recht gut gelungen, bei Jonas jedoch schienen sich alle guten Vorsätze in Luft aufzulösen. Sie musste unbedingt dagegen ankämpfen, denn ein kurzer Urlaubsflirt mit unweigerlich folgendem Liebeskummer war das Letzte, was sie jetzt gebrauchen konnte. Obendrein direkt vor der Nase ihrer gesamten Familie!

„Hat es dir die Sprache verschlagen?“

„Im Gegenteil: Ich suche gerade nach den geeigneten Worten, um dir klarzumachen, dass ich nicht dauerhaft fürs Catering zur Verfügung stehe.“

„Das ist aber schade.“

„Möchtest du zum Trost etwas mehr Tee?“

„Wenn es meine einzige Chance ist, in den Genuss eines von dir aufgebrühten Heißgetränks zu kommen, sollte ich das Angebot unbedingt annehmen.“

Er setzte einen Dackelblick auf und streckte Chrissie den Becher entgegen.

„Sehr witzig!“

„Ich finde es eher bedauerlich.“

Sie räumte die Thermoskanne in den Rucksack, stellte diesen auf der Bank ab und erhob sich. Mit der Smartphone-Kamera versuchte sie, das verschneite Gebirgspanorama einzufangen. Jonas beobachtete sie zunächst dabei, während er den heißen Tee genoss. Schließlich stellte er den Becher ab, trat neben Chrissie und nahm ihr behutsam das Smartphone aus der Hand.

„Hey!“

„Dreh dich um, ich mache ein Foto von dir vor der traumhaften Winterkulisse.“

„Warum nicht ...“

„Lächeln!“

Chrissie befolgte seine Anweisung.

„Du siehst aus, als hättest du Zahnschmerzen.“

„Ich hasse gestellte Fotos!“

In diesem Moment beschloss Hannibal, dass es an der Zeit sei, weiterzugehen und stupste Chrissie mehrfach freundlich aber energisch an. Sie wehrte ihn lachend ab.

„Hör auf damit, du Monster!"

Während der Attacke hatte Jonas unablässig auf den Auslöser gedrückt. Nun kontrollierte er die Ausbeute.

„Siehst du?! Ein natürliches Lachen ist unschlagbar. Diese Bilder sind richtig gut geworden. Das vorletzte gefällt mir am besten."

„Zeig mal!"

„Moment! Erst noch ein Selfie von uns beiden. Als Erinnerung an den schönen Vormittag."

Jonas hielt das Smartphone in die Höhe und drückte mehrfach ab. Anschließend trat er zwei Schritte zur Seite.

„Was machst du denn da?"

„Ich habe mir die Fotos rübergeschickt."

„Was fällt dir ein? Hast du noch nie etwas vom ‚Recht am eigenen Bild' gehört?"

„Wer wird sich denn gleich aufregen?"

Entrüstet nahm sie ihr Telefon an sich.

„Was hast du damit vor?"

„Mal überlegen … Ich könnte mir vor dem Einschlafen die wunderschöne Winterlandschaft anschauen. Die Person im Vordergrund verdeckt sie zwar ein wenig, aber die einmalige Bergkulisse ist trotzdem recht gut erkennbar."

„Du bist unverschämt!"

Chrissie knuffte ihn in die Seite.

Er lachte.

Sie stemmte die Hände in die Hüften und sah mit halb zusammengekniffenen Lidern skeptisch zu ihm auf.

„Was hast du wirklich damit vor?"

„Also gut, ich gestehe: Die Fotos sind Beweis und Erinnerung gleichermaßen, dass ich in den Weihnachtsferien die tollste Frau südlich des Nordpols kennengelernt habe."

Mit dieser Antwort hatte Chrissie nicht gerechnet! Entweder war er der attraktivste, aber direkteste Mann, dessen Charme sie jemals erlegen war oder der größte Spinner, der in den gesamten neunundzwanzig Jahren seit ihrer Geburt ihren Weg gekreuzt hatte. Abwägend studierte sie sein Gesicht. Jonas betrachtete sie seinerseits und was sie in seinem Gesicht las, ließ sie erschaudern. Das lebenslustige Funkeln seiner braunen Iris, welches stets ein Zeichen von Übermut zu sein schien, war verschwunden. Stattdessen ruhte sein Blick ernst und fragend auf ihr. Seine Aussage war zweifellos ernst gemeint gewesen und er wartete nun auf ihre Reaktion.

Chrissie schluckte. Für einen kurzen Moment drohte sie in seinen Augen zu versinken. Von den unverhofft auf sie einströmenden Gefühlen überfordert, wandte sie sich hastig ihrem Rucksack zu. Als sie sich schließlich wieder umdrehte, stand Jonas unverändert an derselben Stelle. Er rührte sich nicht. Unverwandt sah er sie an. Sein hoffnungsvoller Gesichtsausdruck war einer Ernüchterung gewichen, die ihr in der Seele wehtat. Verdammt! Sie hatte ihn nicht verletzten wollen, es ging bloß alles viel zu schnell. Und sie war ein gebranntes Kind!

„Vielen Dank. Das war sehr charmant."

Verlegen schob sie eine Haarsträhne unter die Mütze. „Allerdings bin ich keineswegs so besonders. Im Übrigen sollten wir jetzt lieber weitergehen, denn ich darf auf keinen Fall das Feiertagsfrühstück versäumen."

„Verstehe. Gehen wir. Hannibal wird ohnehin ungeduldig."

Forschend sah Chrissie ihn an. Was wäre passiert, wenn sie sich nicht abgewandt hätte? Und wie sehr hatte ihre reservierte Haltung ihn getroffen? Bevor sie seine Miene analysieren konnte, setzten sich Jonas und der Neufundländer in Bewegung und sie folgte mit einem unbehaglichen Gefühl.

Einige Minuten lang marschierten sie schweigend über den verschneiten Pfad. Das unerwiderte Kompliment, das so viel mehr gewesen war, als eine einfache Höflichkeitsbekundung, stand zwischen ihnen wie eine massive Wand. Die Sonne, die seit Beginn der Wanderung geschienen hatte, verschwand hinter den Wolken und Chrissie fröstelte leicht. Nach einer Weile, die ihr wie eine Ewigkeit vorgekommen war, begann Jonas eine oberflächliche Unterhaltung, während er mit großen Schritten vorwärtsstrebte, als wollte er schnellstens eine größtmögliche Distanz zum Picknickplatz schaffen.

Plötzlich bellte der Neufundländer laut auf und begann am Wegrand im Schnee zu graben. Die weiße Pracht flog dem hinter ihm gehenden Jonas um die Ohren.

„Aufhören, Hannibal! Aus!"

„Hast du etwas entdeckt? Einen Kaninchenbau vielleicht?" Chrissie ging neben dem Vierbeiner in die

Hocke und versuchte, ihn zu sich zu locken. Er ließ sich jedoch nicht beirren.

„Komm weg da, Großer. Du passt sowieso nicht hinein."

Energisch zog Jonas am Halsband des Hundes. Dabei beugte er sich vornüber und musste eine ordentliche Portion Kraft aufwenden, denn er rang mit beinahe siebzig Kilogramm geballtem Eigensinn. Womit er allerdings nicht gerechnet hatte, war die abrupte Verschiebung von Hannibals Prioritäten. Als dieser völlig unerwartet vom mutmaßlichen Eingang des Nagetierbaus abließ und ein Stück zur Seite sprang, verlor Jonas das Gleichgewicht und kippte gegen die neben ihm hockende Chrissie. Dabei riss er sie mit in eine Schneeverwehung.

„Autsch!"

„Entschuldige."

Hannibal hatte derweil eine bessere Stelle zum Buddeln entdeckt und schaufelte in Windeseile riesige Mengen an Pulverschnee über die am Boden Liegenden.

Jonas, der zu protestieren ansetzte, bekam eine Ladung in den geöffneten Mund und verstummte zwangsläufig. Chrissie, die sich gerade aus ihrer Misere befreien wollte, war so perplex über sein verdutztes Gesicht, dass sie zu lachen begann. Völlig unvermittelt traf sie ebenfalls eine weiße Fontäne mitten ins Gesicht.

„Igitt, Hannibal. Lass das!"

Sie wischte die schmelzende Pracht weg und nahm leicht verschwommen wahr, wie Jonas aufstand. Noch immer hielt er das Ende der Leine fest. Nun reichte er

Chrissie die Hand, um ihr behilflich zu sein. Hannibal umrundete sie derweil und stürzte dann bellend auf ein drittes Kaninchenloch zu. Mit einem Ruck schnitt die zum Zerreißen gespannte Leine in Chrissies Oberschenkel und drückte sie direkt in Jonas Arme. Dieser war darauf nicht vorbereitet und fiel erneut in die weiße Pracht. Dieses Mal jedoch hielt er Chrissie reflexartig umschlungen, sodass sie in seinen Armen landete.

Sie spürte Jonas Körper unter sich und seinen warmen Atem in ihrem Gesicht. Er roch nach Früchtetee und einem herben Aftershave.

Aus unmittelbarer Nähe traf Chrissie der Blick seiner sanften braunen Augen mitten ins Mark. Da sie sich nicht rührte, löste er seinen rechten Arm aus der Umklammerung und strich ihr behutsam mit der Hand über die Wange. Die Berührung war so zart, dass seine Fingerkuppen ein angenehmes Kribbeln auf ihrer Haut auslösten, welches sich in Windeseile über den ganzen Körper ausbreitete. Chrissie blieb reglos liegen. Sie genoss seine Nähe in vollen Zügen.

Die Zeit schien still zu stehen.

Schließlich hob Jonas den Kopf und sein Gesicht näherte sich langsam dem ihren. Die erste Berührung seiner Lippen war äußerst behutsam. Er schien unsicher, ob sie ihn gewähren lassen würde. Sobald er jedoch spürte, dass sie seinen Kuss erwiderte, drückte er sie fester an sich. Ihr Puls raste. Ein wunderbares Gefühl von Geborgenheit machte sich in ihr breit.

Unerwartet tauchte ein riesiger schwarzer Kopf neben ihnen auf, der sie auseinanderfahren ließ. Hannibal versuchte hechelnd, ihre Gesichter abzulecken.

Speichel troff zwischen seinen Lefzen hervor. Die sie umschlingende Hundeleine lockerte sich und Chrissie rollte zur Seite.

„Geh weg, du Ferkel! Und behalte deine rosafarbene Schlabberzunge bei dir!"

Energisch schob Jonas den Hund von sich fort. Halb amüsiert, aber auch mit einem tiefen Bedauern über die Unterbrechung beobachtete Chrissie, wie er die tierischen Liebkosungen abwehrte.

„Hannibal hat eine sehr romantische Ader, das muss man ihm lassen."

Sie rappelte sich auf und klopfte ihre Kleidung ab. Ihre Gedanken fuhren Achterbahn. Unfassbar, dass sie soeben einen Mann geküsst hatte, den sie seit nicht einmal achtundvierzig Stunden kannte. War es möglich, sich bei einem Menschen nach so kurzer Zeit derart sicher und geborgen zu fühlen? Sie hatte andere Erfahrungen gemacht – sehr schlechte. Energisch schob sie die Erinnerungen beiseite.

Auch Jonas hatte sich erhoben und die Leine entwirrt. Nun befreite er sich vom Schnee.

Verlegen sah Chrissie ihn an.

„Alles in Ordnung bei dir?"

„Ging mir nie besser."

Hannibal stellte erfreut fest, dass es offenbar endlich weiterging und setzte sich zielstrebig in Bewegung. Mit einem Lächeln ergriff Jonas Chrissies Hand und folgte ihm. Sie musterte ihn von der Seite.

„Du hast dir hoffentlich nichts getan, als ich auf dich gefallen bin."

„Keine Sorge, mir geht es bestens. Ich bin Hannibal sogar äußerst dankbar für den Sturz. Diesen Moment mit dir würde ich für nichts auf der Welt eintauschen.“

Chrissies Herz machte einen Satz.

Jonas allerdings verzog das Gesicht zu einem schiefen Grinsen.

„Lediglich auf den Hundekuss hätte ich gern verzichtet und lieber noch Stunden hier mit dir verbracht. Allerdings vermute ich, deine Familie würde dich bald vermisst melden. Du hast ihnen nicht gesagt, wo du bist und mit wem, oder?“

Sie schüttelte den Kopf.

„Deshalb durfte ich nicht vor dem Haus auf dich warten.“

Es war keine Frage, sondern eine Feststellung.

Chrissie nickte. Ihr war unbehaglich zumute.

„Ist es dir peinlich, wenn sie uns zusammen sehen?“

„Nein. Oder zumindest nicht deinetwegen. Du kennst meine Familie nicht!“

„Deine Schwester Meike wirkte gestern sehr nett. Sie wollte mich sogar zum Frühstück einladen“, scherzte Jonas.

„Und Katja hat mich ziemlich interessiert angesehen – zumindest bis ich mit einem Hund vor eurer Tür aufgetaucht bin. Dafür habe ich Minuspunkte kassiert. Ich konnte es von ihrem Gesicht ablesen.“

„Ja, sie fand dich ohne Hannibal deutlich attraktiver ...“

Chrissie überlegte, was Katja wohl zu den neuesten Entwicklungen zwischen Jonas und ihr sagen würde.

„Über deine Mutter weiß ich immerhin, wie sehr sie es schätzt, wenn du pünktlich bist. Außerdem ist sie äußerst besorgt um euch.“

„Und wie!“

„Onkel Paul ist eine wandelnde Bibliothek. Mit ihm sollte man keine Diskussion anfangen – zumindest hast du das gesagt.“

„Das stimmt. Nicht zu vergessen: Tante Rosie! Sie neigt dazu, alle zu mästen. Was ihr problemlos gelingt, denn ihre Koch- und Backkünste sind unübertroffen.“

„Wenn das so ist, hätte ich Meikes Einladung gestern doch annehmen sollen.“

Das übermütige Funkeln kehrte in Jonas Augen zurück und versetzte Chrissies Puls erneut in Aufruhr.

„Meinen Vater würdest du sicher mögen. Er ist der Ruhepol in all dem Chaos. Trotzdem ziehe ich es vor, dich erst selbst besser kennen zu lernen, bevor ich dich der Familie zum Fraß vorwerfe.“

„Sie sind wahrscheinlich alle äußerst sympathisch. Trotzdem gebe ich dir Recht. Ein Abendessen zu zweit oder ein paar weitere Runden durch den Schnee klingen verlockender.“

Unterdessen wurden in einiger Entfernung die Umrisse der ersten Häuser sichtbar und Jonas blieb stehen.

„Da die Lage kompliziert ist, nutze ich die Einsamkeit der Natur, um mich schon jetzt von dir zu verabschieden.“

Bevor sie wusste, wie ihr geschah, fand sich die überraschte Chrissie erneut in seinen Armen wieder und genoss jede Sekunde des leidenschaftlichen Kusses. Um ein Haar hätte sie vollends die Zeit vergessen.

6. Kapitel

Um kurz vor zehn schlüpfte Chrissie leise durch die Haustür, entledigte sich ihrer nasskalten Jacke und pirschte ins Treppenhaus, wo sie ihrem erstaunten Vater in die Arme lief. Er strich über ihre von der frischen Winterluft rotgefärbten Wangen.

„Guten Morgen, Chrissie. Wo auch immer du herkommst, aus dem warmen Bett auf keinen Fall."

Sie strahlte ihn an.

„Guten Morgen, Paps. Ich habe draußen eine kleine Runde gedreht. Die Morgenluft ist der pure Wahnsinn!"

„Nur die Luft?"

Interessiert bog Katja um die Ecke, dicht gefolgt von Ingrid und Tante Rosie.

„Hallo, Kleines! Gut siehst du aus. Frisch und lecker wie ein Bratapfel."

Chrissie stöhnte innerlich. Statt klammheimlich ins Haus schleichen zu können, lief sie direkt in die Arme einer neugierigen Meute. Fehlten nur noch Meike und Onkel Paul, um das Familienidyll perfekt zu machen.

„Wo warst du eigentlich schon wieder vor dem Frühstück? Warum verschwindest du ständig, ohne ein Wort zu sagen? Und weshalb bist du so nass?"

Ihre Mutter betrachtete sie kopfschüttelnd vom Scheitel bis zur Sohle und zu Chrissies großem Ärger färbte sich ihr Gesicht zunehmend in einer verräterischen Farbe.

Katja verschränkte triumphierend die Arme vor der Brust.

„Hast du etwa diesen Jonas getroffen? Was läuft da eigentlich zwischen euch?"

„Entschuldigt mich. Ich muss ganz dringend wohin."

Kommentarlos verschwand Chrissie im WC und drehte schwungvoll den Schlüssel herum. Sie wünschte sich sehnlichst zurück in die Natur und vor allem in Jonas Arme.

Natürlich konnte sie ihrer Sippe nicht dauerhaft entkommen. Deshalb bestrich Chrissie kurz darauf hingebungsvoll und wortlos ein Vollkornbrötchen mit Honig, sorgsam darauf bedacht, keine Aufmerksamkeit zu erregen. Zunächst gelang ihr das auch.

„Gibt es Pläne für den heutigen Tag?"

Fragend sah Hermann in die Runde.

„Ich werde später kochen. Dann kann Ingrid ein wenig entspannen oder Zeit mit den Mädchen verbringen."

Bevor ihre Schwester protestieren konnte, erstickte Tante Rosie eine mögliche Erwiderung im Keim.

„Nichts da! Du sollst die Feiertage ebenfalls genießen. Das Mittagessen wird um Punkt Ein Uhr fertig sein."

„Was?! Schon wieder essen?"

Katja schob entnervt ihren Teller von sich.

Meike zwinkerte Chrissie verschwörerisch zu.

„Wir könnten zwischendurch einen kleinen Spaziergang machen, um uns die Kalorien abzutrainieren."

„Gute Idee. Das Wetter ist herrlich."

„Man sollte nicht meinen, dass du heute Morgen bereits draußen gewesen wärst!"

Katjas bissige Bemerkung rief Ingrid erneut auf den Plan.

„Stimmt. Erzähl mal von deinem Morgenspaziergang, Chrissie. Warum warst du eigentlich komplett durchweicht? Bist du hingefallen?"

„Ja. Mir ist aber nichts passiert."

Onkel Paul sah von seinem Kaffee auf.

„Dessen ungeachtet hätte etwas passieren können. Man sollte nie allein in den Bergen unterwegs sein – für alle Fälle."

„Vermutlich war Chrissie gar nicht allein."

Lauernd beobachtete Katja die Reaktion ihrer Schwester.

Sofort schaltete sich Meike ein.

„Ich soll euch alle von Nathan grüßen. Er freut sich sehr darauf, Silvester mit uns zu feiern."

„Ach, wie schön. Dann lernen wir endlich deinen Freund kennen." Tante Rosie strahlte. „Das Vergnügen hatten Paul und ich bisher nicht. Wie lange seid ihr jetzt zusammen?"

„Fast drei Jahre."

„Wird es nicht langsam Zeit, den nächsten Schritt zu tun, mein Kleines? Du wirst schließlich nicht jünger."

„Niemand wird jemals jünger, Rosie. Was für ein hanebüchener Unsinn."

Paul sah seine Frau verständnislos an.

„Ich meinte ja nur ... Meike ist zweiunddreißig. Da tickt die biologische Uhr ..."

Krachend setzte Katja ihre Tasse ab.

„Du hörst dich an, als wäre sie zweiundfünfzig!"

„Pass bitte auf, Schatz. Das gute Geschirr von Oma Hilde!" Über den Tisch hinweg warf Ingrid ihrer Jüngsten einen vorwurfsvollen Blick zu.

Chrissie bedauerte, Meikes Beziehung in den Fokus gerückt zu haben, war aber froh, dem Zentrum des allgemeinen Interesses vorerst entronnen zu sein. Zumal die Bemerkungen ihre ältere Schwester nicht sonderlich zu beeindrucken schienen.

„Alles zu seiner Zeit."

Gelassen angelte Meike nach einem Croissant.

„Das finde ich auch."

Hermann zwinkerte seiner Ältesten verschwörerisch zu.

Nachdem Ingrid sich rückversichert hatte, dass Katjas Tasse trotz der rüden Behandlung keinen dauerhaften Schaden davongetragen hatte, kam sie erneut auf Jonas zu sprechen.

„Warst du wirklich schon wieder mit diesem jungen Mann unterwegs, Chrissie?"

„Ist das wichtig?"

„Wahrscheinlich war er ganz zufällig in der Nähe", flötete Katja.

Der Gesichtsausdruck, den Chrissie daraufhin zur Schau trug, hatte das Potential, eine neue Eiszeit auszulösen. Bei der Siebenundzwanzigjährigen erzeugte er aber lediglich einen Heiterkeitsausbruch.

„Warum lädst du ihn nicht einfach zum Mittagessen ein, damit wir ihn kennenlernen können?", schlug Ingrid vor.

„Au ja!" Katjas Grinsen wurde breiter. „Sag ihm aber, er soll dieses Monster zuhause lassen."

„Welches Monster?"

Ingrid klang alarmiert.

„Er hatte gestern einen Hund von der Größe eines Kleinwagens dabei, Mama."

„Du übertreibst maßlos! Neufundländer sind kluge und anhängliche Tiere."

„Ach, du meine Güte. Den soll er bitte nicht mitbringen." Tante Rosie sah wenig begeistert aus.

„Wie heißt er eigentlich?", erkundigte sich Meike.

„Hannibal."

„Was für ein seltsamer Name für einen Hund."

„Ein großes Tier nach einem großen Feldherrn zu benennen, finde ich sehr passend." Onkel Paul faltete seine Serviette zusammen. „Wenn ich einen Hund hätte, würde ich ihn Platon oder Aristoteles nennen."

„Seit wann willst du Haustiere haben?"

Tante Rosies Messer klirrte auf ihren Teller.

„Das habe ich nicht gesagt, sondern lediglich, wie ich einen Hund im Falle des Falles nennen würde."

„Ein Mops namens Aristoteles oder ein Pudel mit dem Namen Platon, wären bestimmt der Brüller auf dem Hundeübungsplatz."

Beinahe rutschte der belustigten Katja die Porzellankanne aus der Hand, was den Puls ihrer Mutter erneut in die Höhe schnellen ließ.

„Pass doch auf: Das schöne Geschirr von Oma Hilde!"

„Ich würde einen Schäferhund jederzeit einem Mops oder Pudel vorziehen", widersprach Onkel Paul.

„Ich dachte, du willst keinen Hund?"

Tante Rosies Verwirrung nahm ungeahnte Ausmaße an.

„Die Aussage war rein hypothetisch."

„Wird Jonas nun eigentlich eingeladen?", erkundigte sich Katja mit Unschuldsmiene.

„Er hat heute keine Zeit", wiegelte Chrissie genervt ab.

„Wie schade. Frag ihn einfach, ob er morgen Lust hat."

Misstrauisch untersuchte Ingrid die Kaffeekanne auf mögliche Schäden. Katja verdrehte die Augen.

„Keine Sorge, Mama. Sie ist noch heil!"

Tante Rosie sah Chrissie erwartungsvoll an.

„Lade den Jungen ein, sobald er Zeit hat, Kleines, und frag ihn, was er gerne isst. Dann kochen wir sein Lieblingsessen."

„Er ist vierunddreißig, Tante Rosie."

„Sie meint, du kannst die Lutscher wegpacken. Unsere Chrissie hat sich einen richtigen Kerl geangelt."

Katja kicherte über ihren eigenen Witz.

„Was für ein unsinniges Sprichwort." Abfällig rümpfte Onkel Paul die Nase. „Es ist vom Gewicht her gar nicht möglich, einen erwachsenen Menschen zu angeln."

Chrissie wandte sich ab. Niemals würde sie Jonas hierher einladen! Niemals!

In Sonthofen saß Jonas mit Lilly und Markus am gemütlich gedeckten Tisch. Hannibal hatte sich zufrieden in seinem Korb ausgestreckt und träumte von Kaninchenlöchern im Pulverschnee.

„Du warst also mit Chrissie spazieren?", fragte Lilly beiläufig.

„So ist es. Wir haben dieselbe Runde gedreht wie gestern."

„Da warst du aber nicht so nass, als du zurückkamst", spottete Markus gutmütig.

„Gestern hat sich Hannibal auch nicht aufgeführt wie ein außer Kontrolle geratener Schneepflug", konterte Jonas gelassen.

„Willst du dich etwa über unseren wohlerzogenen Hund beklagen?“

„Keineswegs. Allerdings habe ich mir geschworen, in Zukunft auf der Hut zu sein, wenn ich ihn an der Leine habe.“

„Eine gute Idee. Nebenbei bemerkt, mich hat er schon mehrmals umgeworfen.“

Lilly begann abzuräumen.

„Kommst du nachher mit zu Markus Eltern? Sie würden sich freuen.“

„Klar. Ich bin dabei.“

„Und hast du Pläne für die nächsten Tage?“

Jonas zögerte kurz.

„Ehrlich gesagt, habe ich Chrissie gestern gefragt, ob sie Lust auf eine Schneewanderung mit uns hätte. Es macht euch hoffentlich nichts aus, gemeinsam loszuziehen, oder?“

„Natürlich nicht!“, erwiderte Lilly mit Nachdruck in der Stimme.

„Was sie damit sagen will, ist, dass wir sehr gespannt sind auf die Frau, die es geschafft hat, dich aus der Reserve zu locken“, ergänzte Markus verschmitzt.

„Bin ich so leicht zu durchschauen?“

Es behagte Jonas nicht, dass Markus und Lilly offenbar in ihm lesen konnten wie in einem offenen Buch.

„Es ist absolut zwecklos, es abzustreiten.“

Markus wurde ernst.

„Lass es zu, Jonas. Du kannst dich nicht ewig vor einer festen Beziehung drücken, nur weil deine Eltern derart schlechte Vorbilder waren. Du bist ganz anders als sie, also halt diese Chrissie fest, wenn sie dir guttut.“

Lilly nickte.

„Weise Worte! Hör auf Markus.“

„Ich werde versuchen, es nicht zu vermasseln. Versprochen. Habt ihr einen guten Vorschlag für eine Wanderung zu viert?“

Hannibal hob den Kopf und gab ein dezentes Bellen von sich.

„Entschuldige. Ich meinte natürlich zu fünft!“

7. Kapitel

Nach Tante Rosies fantastischem Mittagessen und einem sonnigen Spaziergang zur späten Mittagzeit zog sich Chrissie auf ihr Zimmer zurück, wo sie zu ihrer Freude eine Textnachricht von Jonas entdeckte. Sie ließ sich der Länge nach auf dem Bett nieder und begann zu lesen.

Vielen Dank für den traumhaften Morgenspaziergang. Ich hoffe, du verzeihst Hannibals schwungvolle Art und meine Aufdringlichkeit. Eigentlich wollte ich mir alle Zeit der Welt nehmen, um dich besser kennenzulernen, aber als du in meinen Armen lagst, konnte ich nicht widerstehen, dich zu küssen. Hoffentlich habe ich dich nicht überrumpelt.

Ein Lächeln umspielte Chrissies Lippen. Es gab keinen Grund für Jonas, sich zu entschuldigen. Im Gegenteil, sie hatte jede Sekunde mit ihm genossen und die Erinnerung an die beiden Küsse löste sofort wieder dieses Prickeln auf ihrer Haut aus. Was sollte sie ihm antworten? Ihre achterbahnfahrende Gefühlswelt konnte sie unmöglich in eine Textnachricht packen. Deshalb entschied sich Chrissie für die Kurzfassung.

Du musst dich nicht entschuldigen. Ich fand es wunderschön heute Morgen.

Sie schickte ein rotes Herz hinterher und wartete ungeduldig auf eine Antwort.

Ein schwitzender Smiley erschien auf dem Display, gefolgt von dem Satz

Jetzt bin ich erleichtert.

und der Frage

Konntest du unentdeckt ins Haus schleichen?

Die Erinnerung an die Familien-Vollversammlung im Treppenhaus ließ Chrissie innerlich aufstöhnen.

Nicht wirklich

Warum hatte sie Jonas nicht einfach in München näherkommen können? In der Anonymität der Großstadt und ohne ihren gesamten Clan im Rücken wäre alles so viel einfacher gewesen.

Jonas antwortete:

Das tut mir leid
Dann kommt meine Frage wahrscheinlich ungelegen: Hast du morgen Lust auf eine Tour zu fünft?

Sicher meinte er seine Freunde Lilly und Markus samt ihrem stürmischen Vierbeiner. Chrissie lächelte bei der Erinnerung an den von Hannibal verursachten Sturz und seine Folgen. Ihre Finger flogen über das Display.

Sie kommt kein bisschen ungelegen. Im Gegenteil, ich brauche dringend Urlaub vom Urlaub.

Sie fügte einen Lachsmiley hinzu.

Verstehe. Wäre zehn Uhr in Ordnung?

Klingt super!

Sollen wir am Ende der Straße auf dich warten?

Chrissie sog die Luft ein. Ein weiteres Versteckspiel schien zwecklos. Katjas Neugierde und den wachsamen Augen ihrer Mutter konnte sie kaum entkommen. Außerdem war es unmöglich, sich ohne eine glaubwürdige Erklärung den ganzen Tag abzuseilen. Deshalb schrieb sie:

Nicht nötig. Wartet vor dem Haus, ich werde um zehn rauskommen.

Gut. Ich freue mich schon.

Ich mich auch.

Chrissie schickte der Nachricht ein Herz hinterher und legte das Smartphone neben sich.

Beim Abendessen deutete sie beiläufig ihre Pläne für den nächsten Tag an, was ihr einen enttäuschten Blick ihrer Mutter einbrachte.

„Wie schade. Ich dachte, wir könnten ein bisschen durch die Stadt bummeln: Tante Rosie, Meike, Katja, du und ich."

„Gottseidank", bemerkte Onkel Paul. „Ich hatte kurzzeitig befürchtet, mich ebenfalls durch die überlaufene Fußgängerzone quälen zu müssen."

Hermann lachte gutmütig.

„Keine Sorge. Beim Einkaufsbummel sind wir wohl eher unerwünscht. Als Alternative biete ich einen Besuch im Heimatmuseum an."

„Das klingt sehr viel interessanter."

Tante Rosie sah auf.

„Da würde ich auch gerne mitgehen."

„Um Himmels Willen!", stöhnte Katja. „Ich ziehe einen Fernseh- oder Kinoabend vor."

Wie gewöhnlich war es Meike, die die Wogen glättete.

„Morgen wird es in den Geschäften bestimmt sehr voll sein, Mama. Vielleicht verschieben wir die Einkaufstour auf nächste Woche. Immerhin bleiben wir alle bis nach Silvester."

„Sehr gut", stimmte Hermann zu. „Und alle, die Lust haben, kommen morgen mit ins Museum."

„Also ich nicht!" Demonstrativ verschränkte Katja die Arme vor der Brust. „Da schließe ich mich lieber Chrissie an."

Alarmiert hob diese den Kopf.

„Du weißt doch gar nicht, was ich vorhabe."

„Egal. Alles ist besser als ein Museumsbesuch und ganz sicher ist dieser heiße Jonas dabei."

„Ich wette, Hannibal kommt auch mit, oder?"

Meike grinste hinterlistig.

„Auf jeden Fall." Chrissies Anspannung wich. „Wir
werden eine lange Wanderung mit ihm unternehmen.
Mindestens sechs Stunden laut Jonas Freund."

Das war gelogen, verfehlte aber seine Wirkung nicht.

„Eine Sechs-Stunden-Wanderung mit Hannibal?"

Man konnte förmlich hören, wie sehr das Heimatmuseum in Katjas Ansehen stieg.

„Vielleicht auch länger ..."

„Ach, wisst ihr was? Geht ihr ruhig wandern und ins
Museum. Ich mache mir einen netten Tag zuhause."

Chrissie konnte sich daraufhin ein triumphierendes
Lächeln nur schwer verkneifen.

Beim Ausräumen der Spülmaschine klingelte unverhofft ihr Mobiltelefon.

„Geh ran. Ich mache die Küche fertig."

Resolut schob Meike ihre Schwester hinaus.

„Hallo?"

„Hi, Chrissie. Ich bin's."

„Jonas? Moment, bitte." Chrissie hastete die Treppe
hinauf und schloss schwungvoll ihre Tür hinter sich.
„Jetzt kann ich reden."

„Habt ihr schon zu Abend gegessen?"

„Ja, gerade eben."

„Und was hast du heute noch vor?"

„Keine Ahnung ..."

„Kennst du den neuen Star-Wars-Film?"

„Nein, den habe ich noch nicht gesehen."

„Das kommt jetzt vermutlich ziemlich überraschend
für dich ... Hast du eventuell Lust, mit mir ins Kino zu
gehen und ihn anzuschauen?"

„Heute?"

„In fünfunddreißig Minuten – um genau zu sein."
„Das kriegen wir niemals hin."
„Doch klar. Wir schaffen es locker."
„Von Sonthofen bis hierher und dann noch ins Kino?"
Zweifelnd sah Chrissie auf die Uhr.
„Meinst du wirklich? Wann soll ich fertig sein?"
„Ich stehe schon vor eurem Haus."
„Was?!"
Überrascht öffnete sie das straßenseitig liegende Dachfenster.
„Wo denn?"
Auf dem Bürgersteig sah sie eine Gestalt. Im schwachen Schein der nächsten Laterne erkannte Chrissie Jonas, der ihr zuwinkte.
„Ich glaube, ich spinne ..."
Auf der anderen Seite der Leitung ertönte ein leises Lachen.
„Die Karten sind reserviert. Es liegt an dir ..."
„Ich bin gleich da. Gib mir fünf Minuten. Okay?"
„Geht klar."

Viereinhalb Minuten später raste Chrissie die Treppe hinunter. Unten stieß sie mit Meike zusammen.
„Du hast es aber eilig. Dabei ist die Küche fertig."
„Oh, danke!"
Chrissie hangelte nach ihrer Jacke und versuchte gleichzeitig mit dem linken Fuß in ihren Lederstiefel zu schlüpfen.
„Sag' mal, brennt es irgendwo?"
„Meike, bitte sei ein Schatz und lass dir irgendwas einfallen. Jonas steht vor der Tür und hat mich ins Kino eingeladen."

„Wow! Der Mann ist spontan! Welcher Film läuft überhaupt?“

„Der letzte Teil von Star Wars.“

Chrissie griff nach ihrem Schal.

„,Der Aufstieg Skywalkers‘? Den will ich mit Nathan anschauen. Dein Jonas hat Geschmack.“

Meike deutete auf die geschlossene Wohnzimmertür.

„Soll ich ihnen die Wahrheit sagen oder mir etwas ausdenken?“

„Das überlasse ich dir …“

„Viel Spaß euch beiden!“

„Danke, Schwesterherz. Du bist die Beste!“

Jonas hatte seinen Wagen einige Meter weiter geparkt, sodass er vom Haus der Buchers aus nicht zu sehen war. Als Chrissie ihn einholte, küsste er sie auf die Wange und öffnete galant die Beifahrertür.

„Ehrlich gesagt, war ich unsicher, ob du zusagen würdest. Immerhin kam meine Einladung recht kurzfristig.“

„Das ist die Untertreibung des Jahrhunderts.“

„Deshalb freue ich mich umso mehr, dass du mitkommst.“

Nach kurzem Überlegen betrat Meike das Wohnzimmer.

Ihr Vater sah auf.

„Wo bleibt denn Chrissie?“

Tante Rosie verteilte die Canasta-Karten und Meike ließ sich am Tisch nieder.

„Ach, wisst ihr, ich könnte doch heute Abend mitspielen, oder? Chrissie hat sich … ausgeklinkt.“

Besorgnis breitete sich auf Ingrids Gesicht aus.

„Fühlt sie sich nicht wohl? Soll ich mal nach ihr sehen?"

„Keine Sorge, Mama. Chrissie geht es gut."

„Wahrscheinlich hat sie sich zurückgezogen, damit ihr nicht ständig auf ihrer Beziehung zu diesem Jonas herumreitet", ließ sich Onkel Paul unverblümt aus dem Sessel vernehmen.

„Wie bitte?"

Ingrid schnappte nach Luft, während Hermann laut auflachte.

„Du könntest Recht haben, Paul. Sicher braucht Chrissie ein bisschen Zeit für sich. Bei frisch Verliebten setzt der Geist oft zu ungeahnten Höhenflügen an. Nicht wahr, Meike?"

„Sehr gut getroffen, Paps. Chrissie befindet sich wahrscheinlich gerade auf dem Weg in eine weit, weit entfernte Galaxis."

Jonas hatte es sich nicht nehmen lassen, einen Popcorneimer und Getränke zu besorgen und Chrissie freute sich über die guten Sitzplätze in der Mitte der letzten Reihe. Sie liebte es, ins Kino zu gehen. Noch mehr aber freute sie sich, überraschend einen friedlichen Abend mit Jonas vor sich zu haben anstatt eines turbulenten Familienspektakels.

„Danke für die Einladung. Du hast mir vermutlich das Leben gerettet."

„Das freut mich. Bekomme ich dafür eine Belohnung ...?"

Statt einer Antwort beugte sich Chrissie zu ihm hinüber. Schnell brachte Jonas das Popcorn in Sicherheit und legte den Arm um sie. Der Kuss dauerte mehrere Werbespots lang und ließ in Chrissies Bauch einen Schmetterlingsschwarm Breakdance tanzen.

Als sie sich schließlich voneinander lösten, flüsterte Jonas: „Habe ich dir eigentlich schon gesagt, wie froh ich bin, dass du vorgestern den Zug verpasst hast?"

„War das erst vorgestern? Es kommt mir vor, wie in einem anderen Leben."

Lächelnd zog Jonas sie erneut an sich.

Gegen halb elf ging Hermann als eindeutiger Sieger aus der Canasta-Partie hervor. Ingrid erhob sich.

„Wir haben gar nichts mehr von Chrissie gehört. Ich denke, ich schaue lieber nach ihr."

Wie der Blitz war Meike an der Tür.

„Das mache ich, Mama!"

Ohne eine Antwort abzuwarten, stieg sie die Stufen empor, drückte leise Chrissies Klinke hinunter, steckte den Kopf ins Zimmer und flüsterte ihrer am Treppenabsatz stehenden Mutter leise zu: „Alles dunkel und still!"

Nachdem Meike die Tür geschlossen hatte, schüttelte Ingrid ungläubig den Kopf.

„Na sowas. Sie hat nicht einmal ‚Gute Nacht' gesagt."

„Ach, lass sie doch."

Meike hakte sich bei ihrer Mutter unter und zog sie zurück ins hell erleuchtete Wohnzimmer.

Eine Stunde später schaltete Jonas ein Stück vom Haus der Buchers entfernt den Motor aus.

„Wie fandest du den Film?"

„Spannend. Die Auflösung hat mich überrascht."

„Du meinst Reys Geschichte?"

„Genau."

Jonas ergriff Chrissies Hand.

„Danke für den schönen Abend. Ich habe jede Sekunde mit dir genossen."

„Es war eine tolle Idee, spontan ins Kino zu gehen."

Es folgte ein Kuss, bis sich Jonas sanft von ihr löste.

„Es ist wohl besser, wenn ich dich jetzt zur Tür bringe."

Sie nickte.

„Aber sei bitte leise."

„Du hast deiner Familie nichts gesagt?"

„Niemandem außer Meike."

„Langsam komme ich mir vor wie ein Schwerverbrecher."

„Es liegt nicht an dir. Du kennst meine Familie nicht. Sie sind so übervorsorglich, neugierig und besserwisserisch. Ach, ich weiß gar nicht, wie ich sie beschreiben soll! Jedenfalls habe ich keine Lust, jedes Detail meines Lebens mit ihnen auszudiskutieren."

„Beruhig dich. Ich werde jede Sekunde mit dir genießen und wenn ich sie mit dir allein verbringen darf umso mehr. Und sobald ich deine Hand loslasse, fange ich an, mich auf morgen zu freuen."

Wie versprochen brachte Jonas sie zum Gartenweg, wo er wartete, bis Chrissie die Eingangstür beinahe geräuschlos geschlossen hatte.

Das Haus lag in völliger Dunkelheit. Lautlos schlüpfte sie aus ihrer warmen Kleidung und tastete sich zum Treppengeländer. Erst in ihrem Zimmer wagte sie es, das Licht anzuknipsen. Eine Bewegung der Bettdecke ließ sie erschrocken zusammenzucken. Meikes Arme kamen zum Vorschein und sie richtete sich im Halbschlaf auf.

„Was machst du in meinem Bett?"

Als Antwort erntete Chrissie ein Gähnen.

„Mama wollte mehrfach nach dir sehen. Deshalb fand ich es besser, mich hier schlafen zu legen. Ich war mir nicht sicher, ob sie noch einmal vorbeischauen würde und im Halbdunkel kann sie uns unmöglich unterscheiden."

Dankbar nahm Chrissie Meike in den Arm.

„Du bist die beste Schwester, die man sich wünschen kann."

„Das sagst du bloß, weil ich dein Bett vorgewärmt habe und nun in meinem kalten schlafen muss."

„Nein, das sage ich aus tiefster Überzeugung."

„Erzähl mir von Jonas. Aber verrat bloß nichts über den Film! Ich will ihn nächste Woche selbst anschauen."

„Jonas ist … Ich weiß nicht, wie ich ihn beschreiben soll. Er ist ganz anders als … ach, du weißt, wen ich meine."

„Das hoffe ich! Bist du jetzt endlich über den, dessen Name nicht genannt werden darf, hinweg?"

„Ich weiß gar nicht, von wem du sprichst … Jonas dagegen ist witzig, charmant und ehrlich. Hast du gesehen, wie gut er aussieht? Ich meine, du hast ihn doch getroffen."

„Das kann ich bestätigen. Er sieht wirklich gut aus."

„Und er küsst … wow … er ist so leidenschaftlich und gleichzeitig sanft …"

„Danke, das reicht. Ich gehe schlafen. Träum schön, Chrissie. Dürfte ja kein Problem sein."

„Gute Nacht, Schwesterherz. Habe ich schon erwähnt, dass du die Beste bist?"

Meike gähnte erneut.

„Ich glaube, mich zu erinnern, bereits für meinen Einsatz gelobt worden zu sein."

8. Kapitel

Am Tag nach Weihnachten frühstückte Chrissie mit ihren Eltern, Tante Rosie und Onkel Paul. Ihre Schwestern schliefen noch, sie aber wollte rechtzeitig vor zehn Uhr fertig sein und Proviant richten, da sie nicht wusste, wann sie heimkehren würde.

„Mit wem bist du heute genau verabredet?", erkundigte sich ihre Mutter.

„Mit Jonas und seinen Freunden aus Sonthofen."

„Und diesem schrecklichen Hund", ergänzte Tante Rosie.

Chrissie verzog die Mundwinkel.

„Er ist nicht schrecklich, sondern nur unglaublich groß."

„Weshalb es durchaus passend ist, ihn nach einem der größten Feldherren der Antike zu benennen", konstatierte Onkel Paul. „Der echte Hannibal hat das Römische Reich gute zweihundert Jahre vor unserer Zeitrechnung an den Rand des Untergangs gebracht. Wusstet ihr das?"

„Das weiß nun wirklich jeder, Paul."

Tante Rosie reichte den Brotkorb herum.

„Sicher. Vielleicht interessiert es euch dennoch, wie er die unglaubliche Leistung vollbracht hat, mit einem riesigen Heer, tausenden von Pferden und siebenunddreißig Kriegselefanten die Alpen zu überqueren?"

„Mich interessiert eher, wo Chrissie den Tag verbringen wird."

„Keine Ahnung, Mama, ich habe nicht gefragt, aber mach dir keine Sorgen."

„Bitte versprich mir, auf den ausgewiesenen Wegen zu bleiben. Querfeldein könntet ihr in einen schneebedeckten Spalt rutschen oder von einer Lawine verschüttet werden."

„Jonas Freund kennt sich bestens in der Gegend aus und wir sind immerhin zu viert."

„Lawinengefahr besteht hauptsächlich bei starker Steigung", mischte sich Hermann ein. „Chrissie wird wohl kaum querfeldein irgendwelche Steilhänge erklimmen."

„Sicher nicht."

„Sollen wir dir etwas zu Essen richten, meine Kleine?"

„Nein, danke, Tante Rosie. Das mache ich selbst."

„Wann wirst du zurückkommen?"

„Das weiß ich nicht, Mama. Plant die Mahlzeiten einfach ohne mich. Ich werde sicher nicht verhungern."

Beim Verlassen des Hauses atmete Chrissie erleichtert auf. An der Straße hielt ein geländetauglicher Wagen, der offensichtlich Jonas Freunden gehörte. Jonas stieg aus und empfing Chrissie, indem er ihr die hintere Autotür aufhielt. Aus dem Kofferraum ertönte ein freundliches Bellen. Auf den vorderen Sitzen drehten sich Lilly und Markus um.

„Guten Morgen, Chrissie! Schön, dich kennenzulernen."

Vergnügt schüttelte sie ihre Hände. Neben ihr nahm Jonas Platz und Markus startete. Aus den Augenwinkeln erhaschte Chrissie eine Bewegung der Küchengardine. Hoffentlich hatten die drei anderen nicht bemerkt, dass sie beobachtet wurden. Doch Jonas verhielt sich äußerst diskret. Erst als sie außer Sichtweite waren, drückte er Chrissie verschmitzt einen Kuss auf die Wange und nahm ihre Hand. Dankbar sah sie ihn an.

„Gut geschlafen?", fragte er leise.

„Bestens. Und du?"

„Wie ein Murmeltier."

Markus blickte in den Rückspiegel.

„Jonas schläft immer wie ein Stein, sobald er die gute alpine Luft atmet."

„Es liegt nicht an der Luft, sondern an deiner langweiligen Gesellschaft. Wenn deine liebenswerte Frau nicht wäre, würde ich bei meinen Besuchen Tag und Nacht durchschlafen."

„Mach ruhig so weiter. Ich setze dich gerne in der Pampa aus und genieße den Ausflug mit Chrissie und Lilly alleine."

„Wuff!", ertönte es von hinten.

„... dich nehmen wir natürlich mit, mein Großer!"

Lilly wandte sich zu Chrissie um.

„Hör einfach nicht hin. Die beiden sind die besten Freunde, die du dir vorstellen kannst."

Chrissie sah von einem zum anderen.

„Ihr kennt euch schon lange, oder?"

„Etwa fünfzehn Jahre. Falls du irgendetwas über Jonas wissen willst – egal was – frag einfach mich!"

„Hey! Jetzt reicht's! Wenn Chrissie eine Frage hat, wird sie sich an mich wenden. Ich werde nicht zulassen, dass du irgendwelche haarsträubenden Geschichten verbreitest."

Im Laufe des Tages lernte Chrissie Jonas Freunde näher kennen. Sie mochte beide auf Anhieb und schmunzelte über das flapsige Geplänkel der Männer. Auch zu Lilly hatte sie sofort einen guten Draht.

Die tiefe Freundschaft zwischen Jonas, Markus und Lilly gab ihr ein Gefühl der Sicherheit, war doch ihr Verflossener, der ihr so viel Kummer bereitet hatte, ein Mensch ohne tiefgehende Kontakte gewesen. Wer hingegen auf eine so lange gemeinsame Zeit zurückblicken konnte wie diese drei, hatte definitiv keine Ähnlichkeit mit …

„Hey! Bringt eurem Vierbeiner mal Manieren bei, damit er Chrissie und mir nicht ständig vor die Füße läuft. Er hat uns schon gestern in den Tiefschnee befördert! Einmal reicht.“

Hannibal strotzte vor Energie und brachte die vier Wanderer immer wieder zum Lachen. Am meisten jedoch genoss Chrissie die Blicke, die Jonas ihr fortwährend zuwarf, während er stets an ihrer Seite blieb. In schöner Regelmäßigkeit schoss er Fotos, wobei er jedes Mal eine Perspektive wählte, die Chrissie mit einbezog.

„Die Pudelmütze müsstest du nun aber oft genug abgelichtet haben“, spottete Markus gutmütig.

Jonas beschloss, ihn zu ignorieren und nutzte den Zwischenstopp, um einen Kuss einzufordern.

Obwohl sie sehr viel Spaß zu fünft hatten, las Chrissie in seinen Augen den Wunsch ab, Zeit mit ihr allein zu verbringen. Trotz der kalten Winterluft wurde ihr heiß und ein Blick auf Jonas bestätigte ihr, dass es ihm ebenso erging.

Gegen Mittag legten sie eine Pause ein, genossen die mitgebrachten Snacks und setzten anschließend die Wanderung fort. Es war nach vier und dämmerte bereits, als sie das Auto erreichten.

„Ich habe so einen Hunger, ich könnte ein halbes Schwein auf Toast verdrücken", verkündete Markus. „Wollen wir irgendwo einkehren?"

Lilly sah Chrissie fragend an.

„Ehrlich gesagt, fände ich es super, wenn wir heute nicht mehr kochen müssten."

„Ich bin dabei."

„Wie wäre es mit einem Restaurant in Oberstdorf", schlug Jonas vor. „Kennst du ein gutes, Chrissie?"

Sie verneinte.

„Macht nichts. Wir finden eines."

„Einverstanden. Also alle einsteigen. Aber schnell! Sonst droht eine Unterzuckerung eures Fahrers."

„Unser Fahrer ist ein Hypochonder!"

„Möchtest du nach Hause laufen?"

„Benehmt euch, ihr zwei, sonst könnt ihr ohne uns essen gehen", sagte Lilly resolut.

„Meine Frau hat gesprochen. Welcher Mann würde es wagen, sich dagegen aufzulehnen? Hör auf einen alten Freund, Jonas, und überleg dir gut, ob du jemals heiratest."

Lilly knuffte ihn in die Seite.

„Ich dachte, du bist am Verhungern. Jetzt fahr endlich los."

Auf dem Rücksitz blinzelte Jonas Chrissie zu.

„Ich entschuldige mich in aller Form für die Gesellschaft, die ich dir heute zugemutet habe."

„Du kennst meine Familie nicht, sonst würdest du das nicht sagen!"

Das Abendessen in einem urigen Oberstdorfer Gasthaus war ein angenehmer Zeitvertreib. Ausgehungert stürzten sich die vier auf ihre Vorspeise, während Hannibal neben Lillys Stuhl lag und dankbar das Wasser schlabberte, das die freundliche Kellnerin ihm gebracht hatte.

„Nun muss ich aber unbedingt aus deinem Mund hören, wie ihr euch kennengelernt habt, Chrissie", sagte Markus zwischen zwei Gabeln voller Salat. „Jonas kann man diesbezüglich nicht trauen. Wahrscheinlich hat er alles Interessante unterschlagen."

Chrissie musterte den neben ihr sitzenden Jonas.

„Eigentlich war ich ziemlich unverschämt, wenn ich darüber nachdenke ..."

„Nein, du warst nur sehr energisch."

„Ich habe dir Vorwürfe gemacht, weil ich meinen Zug verpasst hatte."

„Im Grunde war es Markus Schuld, dessen Geschenk die Verkäuferin eingepackt hat, bevor sie dich bedienen konnte."

„Verstehe! Ihr seid mir zu ewigem Dank verpflichtet!"

Chrissie und Jonas sahen sich an.

„Möglicherweise", erwiderte sie und lächelte.

„Ganz sicher sogar", ergänzte Jonas.

„Wie romantisch!"

„Verkneif dir deine Ironie. Ich bin dem Schicksal wirklich dankbar für den Zusammenstoß mit Chrissie und ihrer Pizza."

„Apropos Pizza, wo bleibt eigentlich der Hauptgang? Dieses bisschen Grünfutter kann einen erwachsenen Mann doch nicht ausreichend sättigen!"

„Ich glaube, sie bringen gerade unser Essen."

Lilly wies mit dem Kopf in Richtung des Tresens, bevor sie sich an Chrissie und Jonas wandte.

„Ich finde es großartig, dass ihr euch kennengelernt habt. Ihr passt wirklich gut zusammen."

Markus hob sein Glas.

„Auf viele weitere gemeinsame Touren!"

Chrissie lächelte in die Runde. Sie war sich sicher, in Zukunft des Öfteren nach Oberstdorf kommen zu wollen und zwar hoffentlich in Begleitung von Jonas.

Als Markus das Auto in die Straße von Chrissies Familie lenkte, stand ihr Onkel in der Einfahrt und leuchtete vornübergebeugt mit einer Taschenlampe in das Innere seines Wagens.

Chrissie reckte den Hals.

„Was macht er denn da?"

Irritiert verabschiedete sie sich von Jonas Freunden.

„Es war ein toller Tag. Vielen Dank."

Lilly lächelte sie an.

„Das finde ich auch. Wir sollten unbedingt noch mindestens eine Wanderung machen, solange ihr beide hier seid."

„Wir werden das besprechen und ich rufe dich später an", versprach Jonas.

Er schwang sich aus dem Auto und begleitete Chrissie zum Haus. Gerade als Jonas Chrissie in die Arme nehmen wollte, tauchte Onkel Paul aus den Tiefen der Rentnerkutsche auf und näherte sich ihnen zielstrebig.

„Hallo, Chrissie. Guten Abend, junger Mann."

„Guten Abend", erwiderte Jonas und verkniff sich einen Abschiedskuss.

„Was ist denn hier los?", erkundigte sich Chrissie gequält.

„Nach dem Museumsbesuch war mein Geldbeutel verschwunden, aber ich habe ihn soeben im Fußraum gefunden. Heureka!"

Triumphierend schwenkte Onkel Paul sein Portemonnaie.

Nun erschien zu allem Übel auch noch ihre Mutter in der geöffneten Haustür und rief Chrissie zu sich.

„Entschuldige", murmelte sie an Jonas gewandt.

Er drückte kurz ihre Hand.

Ingrid forderte die heraneilende Chrissie auf, Jonas für den nächsten Tag einzuladen. „Lass es gut sein, Mama", erwiderte Chrissie genervt. Sie winkte Jonas schnell zu und zog ihre Mutter unnachgiebig ins Haus.

Ein Blick über die Schulter ließ die Neunundzwanzigjährige jedoch die Stirn runzeln. Onkel Paul schien Jonas in ein Gespräch zu verwickeln. Was in aller Welt wollte er von ihm? Bedauerlicherweise konnte sie nicht zurückgehen, um es herauszufinden, weil ihre Mutter ihr auf dem Fuß gefolgt wäre und ihren lästigen Vorsatz in die Tat umgesetzt hätte, Jonas zu einem Familienessen zu nötigen. Das allerdings wollte Chrissie um jeden Preis verhindern!

Erst als sie einige Minuten später aus dem Gäste-WC kam, hörte sie, wie draußen ein Motor gestartet wurde und sah Onkel Paul ins Haus zurückkehren.

Katja schob Chrissie vor sich her ins Wohnzimmer.

„Na, wie war deine Sechs-Stunden-Wanderung mit dem sexy Taxifahrer und seinem Ungetüm?"

„Super. Die Strecke war landschaftlich wunderschön und Jonas Freunde sind wirklich nett."

Ihre Mutter wirkte verstimmt.

„Wenn du mir erlauben würdest, ihn einzuladen – mit seinen Freunden oder ohne – könnten wir ihn auch endlich kennenlernen.“

„Läuft da jetzt was zwischen euch oder nicht?“, erkundigte sich Katja ganz unverblümt.

Chrissie ignorierte beide Einwände, weshalb sich Katja an ihre älteste Schwester wandte.

„Weißt du etwas Genaueres? Ist dieser knackige Typ vergeben oder steht er auf Chrissie?“

„Was fragst du mich? Ich habe ihn erst einmal getroffen und da warst du dabei“, wich Meike aus.

Als letztes Familienmitglied trat Onkel Paul ins Zimmer. Zufrieden merkte er an: „Pünktlich für die Tagesschau. Beinahe wäre ich wegen dieses wohlerzogenen jungen Mannes zu spät gekommen.“

Bei Chrissie schrillten alle Alarmglocken.

„Hast du mit ihm gesprochen?“, erkundigte sich Ingrid.

„Aber sicher. Er ist sehr höflich und recht gebildet, wie mir scheint. Schaltest du bitte den Fernseher an, Meike?“

Zielstrebig steuerte Onkel Paul auf einen Sessel zu.

Auch die anderen Familienmitglieder nahmen Platz.

Die Moderatorin erschien auf dem Bildschirm und Tante Rosie beugte sich vor, um sie ausgiebig in Augenschein zu nehmen. „Schwarz steht ihr. Was für ein schönes, neutrales Oberteil.“

„Das spielt nun wirklich keine Rolle“, rügte ihr Mann.

„Es geht um die Nachrichten und nicht um Mode.“

„Ich mag es einfach nicht, wenn die Tagesschausprecher schrille Krawatten tragen oder pastellfarbene Hemden.“

„Hast du jemals eine Moderatorin mit einem Schlips gesehen?"

„Was für eine Frage. Ich meine natürlich ihre Kollegen. Welchem Mann steht schon Rosa?"

„Mir nicht, wie du weißt! Trotzdem verstehe ich dein Problem nicht. Bist du jetzt bitte endlich leise?"

Rosie verstummte und Katja erntete für ihr Kichern einen bedrohlichen Seitenblick von Onkel Paul, der zu einem noch größeren Heiterkeitsausbruch führte.

Der Wetterbericht am Ende der Sendung kündigte für den äußersten Süden des Landes Neuschnee an und Hermann schaltete den Fernseher aus.

„Ich müsste morgen einkaufen gehen. Habt ihr besondere Essenswünsche?"

Onkel Paul sah auf.

„Besondere Wünsche habe ich nicht, aber ich sollte vielleicht erwähnen, dass ich den reizenden jungen Mann für dreizehn Uhr zum Mittagessen eingeladen habe."

Chrissie entgleisten die Gesichtszüge.

„Wen hast du eingeladen?"

„Deinen Jonas natürlich. Wen sonst?"

Onkel Paul sah sie kopfschüttelnd an.

„Wie schön! Da müssen wir etwas besonders Leckeres kochen."

Tante Rosie war ganz in ihrem Element.

Auch Chrissies Mutter sah sehr zufrieden aus.

„Eine gute Idee, ihn einzuladen, Paul."

Meikes und Chrissies Blicke trafen sich und nach einer Schocksekunde stürmte Chrissie aus dem Raum.

Während Lilly und Markus eine kurze Gassi-Runde mit Hannibal drehten, betrat Jonas in dem Moment das Holzhaus, als sein Smartphone sich bemerkbar machte. Erfreut meldete er sich.

„Chrissie!"

„Hallo Jonas."

„Schön, so schnell von dir zu hören. Offenbar vermisst du mich genauso wie ich dich."

Beim sanften Ton seiner Stimme, begann Chrissies Herz energisch zu pochen. Leider musste sie seine Euphorie etwas dämpfen.

„Ehrlich gesagt ... also ich freue mich natürlich sehr, deine Stimme zu hören, aber ich rufe wegen etwas anderem an. Hat Onkel Paul vorhin ... ich meine ... hat mein Onkel dich für morgen zum Essen eingeladen?"

Sie hielt die Luft an.

Am anderen Ende der Leitung ertönte ein fröhliches Lachen.

„Das hat er. Und er war wirklich nett. Viel zahmer als in deinen Erzählungen."

Chrissie zog sich der Magen zusammen.

„Hast du zugesagt?"

„Um ehrlich zu sein: Ja. Erstens hat er mich völlig überrumpelt, zweitens wollte ich nicht unhöflich sein und drittens genieße ich jede Sekunde mit dir."

„Das wird sich schlagartig ändern, sobald du meine Sippe kennengelernt hast", prophezeite Chrissie mit düsterer Stimme.

„Unsinn!"

Das Lachen wurde lauter.

Da sie nichts erwiderte, wurde er schließlich ernst.

„Mach dir keine Sorgen, Chrissie. Es wird schon schiefgehen!"

„Das fürchte ich allerdings auch."

„Nein, im Ernst, ich wünschte, wir hätten uns in München näher kennenlernen können, wären zu zweit essen gegangen, ins Theater oder Kino und hätten Zeit miteinander gehabt, bevor ... naja ... anstatt des Festtagsrummels. Aber die Situation ist nun einmal, wie sie ist. Lass uns das Beste daraus machen."

„Es ist wohl nicht zu ändern."

„Ich verspreche, mich morgen von meiner besten Seite zu zeigen und alle Fettnäpfchen großräumig zu umgehen."

„Leider wird mir meine Familie diese Zusage nicht geben!"

„Kopf hoch!"

„Der Tag war wundervoll, Jonas. Deine Freunde sind wirklich nett und mit Lilly habe ich mich richtig gut verstanden."

„Sie hat auch von dir geschwärmt. Und mach dir keine Sorgen wegen deiner Familie. Gemeinsam kriegen wir das schon hin."

„Jonas?"

„Ja?"

„Ich habe das noch nie zu einem Mann gesagt, aber ich glaube, ich bin dabei, mich ernsthaft in dich zu verlieben."

Einen Moment lang herrschte Schweigen, bis Jonas mit belegter Stimme erwiderte: „Mir geht es genauso, Chrissie."

Nach einer kurzen Pause fügte er leise hinzu: „Ich habe sehr lange keine Frau mehr in mein Leben gelassen, aber das zwischen uns, fühlt sich absolut richtig an. Du bist offenbar so etwas wie mein persönliches Weihnachtswunder."

9. Kapitel

Am Samstagmorgen war Chrissie sichtlich nervös. Stundenlang zerbrach sie sich den Kopf, wie sie das Zusammentreffen von Jonas mit ihrer Familie vielleicht noch abwenden konnte, doch ihr fiel kein Argument ein, das schwer genug wog, ihm abzusagen.

Zumal ihre Mutter und Rosie dem Ereignis sichtlich entgegenfieberten. Ihre Planungen zumindest ließen auf ein bevorstehendes Festmahl schließen.

Katja schien zwischen purer Neugierde und ihrer Faszination für Jonas hin- und hergerissen zu sein und benahm sich den ganzen Vormittag ungewöhnlich gesittet.

Meike hingegen sah dem Essen mit gemischten Gefühlen entgegen. Sie hatte Mitleid mit Chrissie, die ihre taufrische, neue Liebe gleich der gesamten Großfamilie auf einmal präsentieren musste. Hoffentlich war Jonas ausreichend vorgewarnt. Ihren eigenen Freund Nathan hatte sie dem Clan in homöopathischen Dosen vorgestellt. Gemeinsam mit ihr amüsierte er sich über Ingrids und Katjas Marotten und würde an Silvester lediglich Tante Rosie und Onkel Paul neu kennenlernen. Mit ihrem Vater und Chrissie kam er ohnehin bestens aus.

Hermann war wie üblich die Gelassenheit in Person. Er vertraute auf Chrissies Instinkt, der sie nach einer sehr schmerzlichen Erfahrung sicherlich kein zweites

Mal in eine solche Falle tappen lassen würde und war gespannt darauf, Jonas kennen zu lernen.

Onkel Paul indessen war an diesem Morgen bester Laune. Gewöhnlich befanden sich er und sein Schwippschwager bei Treffen dieser Art hoffnungslos in der Unterzahl, doch langsam schien sich das Blatt zu ihren Gunsten zu wenden, immerhin standen mit einem Schlag zwei neue Namen im Raum: Meikes Freund Nathan und Chrissies neue Flamme Jonas.

Paul hatte noch nicht ergründet, welchem Beruf Letzterer nachging, aber bei dem vorangegangenen Smalltalk mit Jonas eindeutige Hinweise auf Bildung und eine gute Erziehung ausgemacht. In Kombination mit dem Arzt Nathan und dem verrenteten Architekten Hermann ließ ihn dies auf angeregte literarische, wissenschaftliche oder politische Gespräche hoffen, weshalb er den nächsten Tagen durchweg positiv entgegenblickte.

Um fünf Minuten vor eins stand Jonas mit einem wunderschönen Blumenstrauß bewaffnet vor der Tür der Buchers und schenkte Chrissie beim Öffnen ein strahlendes Lächeln. Vor den Augen ihrer herbeieilenden Mutter hauchte er ein kaum nennenswertes Küsschen auf Chrissies Wange, das mühelos als kumpelhafte Begrüßung durchging. Anschließend stellte er sich Ingrid formvollendet vor, während er ihre Hand schüttelte und die Blumen überreichte.

„Wie nett von Ihnen! Das wäre selbstverständlich nicht nötig gewesen. Bitte kommen Sie herein, Jonas. Ich darf doch Jonas sagen, oder?“

„Ich bitte darum, Frau Bucher.“

Hermann erschien im Türrahmen und schüttelte ebenfalls Jonas Hand, bevor er ihn ins Wohnzimmer entführte. Chrissie folgte mit einem mulmigen Gefühl.

Als sie eintrat, war Jonas von Tante Rosie – „Sehr erfreut, Ihre Bekanntschaft zu machen, mein Junge. Ich hoffe, Sie mögen Schweinelendchen?" – und Onkel Paul – „Schön, dass Sie meiner Einladung gefolgt sind. Darf ich fragen, was Sie beruflich machen?" – sowie ihrem amüsiert dastehenden Vater umzingelt.

Noch bevor Jonas die Fragen beantworten konnte, trudelte der Rest der Familie ein, und der Kloß in Chrissies Inneren wurde zum potentiellen Magengeschwür, als Katja in ihrem kürzesten Minikleid und High-Heels ins Zimmer stöckelte.

„Hallo! Da ist ja der heißeste Taxifahrer Bayerns."

Verflixt! Hatte sie in ihrem gut gefüllten Schrank kein anderes Kleidungsstück finden können? Und was waren das überhaupt für Schuhe?

Tante Rosie schien ähnlich zu empfinden wie Chrissie, denn sie schob sich unauffällig hinter Katja und zog das Kleid ein wenig nach unten.

„Lass das!", zischte Katja erbost.

„Es ist unanständig kurz, meine Kleine."

„Es ist genau richtig!"

Bevor die beiden Gelegenheit bekamen, ernsthaft aneinander zu geraten, schritt Meike ein.

„Hallo, Jonas. Es freut mich, dich wiederzusehen."

Beim Tischdecken hatte Chrissie darauf geachtet, Jonas zwischen sich und Meike zu platzieren, was sich nun als nachteilig erwies, weil die gegenübersitzende Katja ihn mit den Augen zu verschlingen drohte. Dies nervte Chrissie außerordentlich, obwohl sie sah, dass Jonas es mit völligem Gleichmut quittierte. Auch Meike hatte irgendwann genug von den schmachtenden Blicken ihrer jüngsten Schwester und verpasste ihr unter dem Tisch einen gezielten Fußtritt.

„Autsch!"

„Was ist los, mein Schatz?"

„Gar nichts, Mama. Ich bin wohl an ein Tischbein gestoßen."

Wütend funkelte Katja Meike an, die sich den Mund mit der Stoffserviette abtupfte, um ihr Gesicht zu verbergen.

Kaum dass sich alle aufs Neue dem Essen zugewandt hatten, begann Ingrid den Gast zu löchern.

„Da Sie unsere Tochter an Heiligabend hergefahren haben, müssen Sie ein sehr guter Freund sein, Jonas."

Charmant lächelte er sie an, schwieg aber.

„Wir haben Chrissie nämlich beigebracht, nicht bei jedem ins Auto zu steigen."

„Ich weiß. Sie ist sehr vorsichtig. Bei unserer ersten gemeinsamen Fahrt hatte sie sogar die Unterstützung ihrer Freundin angefordert."

Chrissie erstarrte.

„Welche Freundin?", erkundigte sich ihre Mutter.

„Wie heißt sie nochmal?" Jonas sah Chrissie eindringlich an.

„Die Freundin mit der du immer Nachrichten austauscht."

„Ina?"

„Genau."

Misstrauisch legte Ingrid die Stirn in Falten.

„Aber Ina wohnt doch in Köln. War sie in letzter Zeit bei dir zu Besuch?"

Katja sah interessiert von ihrer Schwester zu Jonas, dessen Miene ebenfalls versteinerte, und wieder zurück.

„Nein, war sie nicht, Mama und hör bitte auf, Jonas ins Kreuzverhör zu nehmen. Du bist schlimmer als das FBI."

Ingrid ignorierte den Einwand.

„Wo sagtest du, habt ihr euch kennengelernt?"

„In einem Buchladen", antwortete Chrissie schnell.

„Richtig. In einem Buchladen."

Jonas nickte bestätigend in die Runde.

„Siehst du, Katja. Es gibt tatsächlich Vertreter eurer Generation, die Büchern etwas Positives abgewinnen können."

Onkel Paul musterte Jonas wohlwollend.

„Mich zum Beispiel", brummte Chrissie ungehalten, weil ihr Onkel das Betreten eines Buchladens mit einem Besuch der Wagner-Festspiele gleichzusetzen schien.

„Und wann genau war das?", hakte Ingrid nach. „Du sagtest, ihr würdet euch noch nicht lange kennen."

„Stimmt. Es war vor vier ... also vor ungefähr vier ..."

Chrissie verstummte. Nervös nagte sie an ihrer Unterlippe und sah Jonas hilfesuchend an.

„... es ist noch keine vier Monate her", half er hastig aus. Ihm war durchaus bewusst, wie sehr er mit dieser Aussage die Wahrheit strapazierte, aber zumindest war es keine Lüge.

„Hast du schon mal für ihn gekocht?", erkundigte sich Tante Rosie.

Katja prustete los.

„Wohl kaum. Sonst säße Jonas heute nicht hier.“

Chrissie warf ihr einen vernichtenden Blick zu.

Jonas nahm sie in Schutz.

„Leider bin ich noch nicht in den Genuss von Chrissies Kochkünsten gekommen. Wir gehen meist spazieren oder ins Kino.“

„Wie romantisch!“

Tante Rosie sah ihn erfreut an.

„Total öde! Zumindest das Gelatsche“, kommentierte Katja gelangweilt.

„Wir haben Ihren Namen vor vier Tagen zum ersten Mal gehört, Jonas. Wie oft treffen Sie sich denn mit Chrissie?“

Ingrid fixierte ihn mit leichtem Argwohn.

„In letzter Zeit beinahe täglich, würde ich sagen.“ Jonas lächelte zuvorkommend. „Es schmeckt übrigens vorzüglich. Wenn Chrissies Kochkünste nur halb so gut sind wie Ihre, freue ich mich sehr darauf, sie kennenzulernen.“

„Da würde ich mir nicht allzu große Hoffnungen machen“, stichelte Katja. „Tante Rosie und Mama kochen fantastisch. Bei Chrissie dagegen reicht es höchstens für Spiegeleier.“

„Das stimmt nicht“, mischte sich Hermann ein. „Dank eurer Mutter verfügt ihr alle drei über gute Kochkünste.“

„Ich esse übrigens sehr gerne Spiegeleier.“

Chrissie war Jonas, der festentschlossen schien, sich durch nichts aus der Ruhe bringen zu lassen, äußerst dankbar.

„Außerdem kann ich selbst kochen. Als Student will man schließlich nicht verhungern oder ununterbrochen von Fast-Food leben."

„Hör dir das an, Paul! Ist die Vielseitigkeit der jungen Leute nicht großartig? Du würdest dich nie in die Küche stellen!"

„Wozu? Niemand würde essen wollen, was ich produziere und sofern man – wie ich – mit einer Meisterköchin verheiratet ist, wäre es ohnehin vergeudete Lebenszeit."

„Da hat er vermutlich Recht." Hermann wandte sich an Jonas. „Darf ich fragen, was Sie beruflich machen?"

„Ich bin Projektmanager im Bauwesen."

„Ach, das ist interessant. Ich bin Architekt, wissen Sie?"

„Ja, Chrissie hat es erzählt."

„Was macht man eigentlich als Projektmanager im Bauwesen?", erkundigte sich Tante Rosie.

„Ich übernehme die Planung, Umsetzung, Abnahme und Nachbereitung von Projekten, koordiniere die Aufgabenverteilung und bin für die Kostenplanung verantwortlich ..."

„Uh, das klingt total langweilig!"

Katja verschluckte sich und begann heftig zu husten.

„Im Gegenteil", widersprach ihr Vater. „Es ist ein sehr abwechslungsreiches Arbeitsfeld."

„Kann man damit eine Familie ernähren?"

„Mama!"

Chrissie rollte mit den Augen.

Jonas hingegen blieb gelassen. Mit stoischer Ruhe erwiderte er: „Man wird nicht unbedingt Millionär, aber ich denke, es reicht."

Nach den Schweinelendchen räumten Meike und Katja ab, während Tante Rosie ein Tablett mit kleinen Gläsern hereintrug. Hermann half, sie zu verteilen.

„Da hast du dich mal wieder selbst übertroffen, liebe Rosie. Der Nachtisch sieht köstlich aus."

Die Köchin freute sich über das Lob.

„Ich hoffe, Sie mögen ein Mascarpone-Dessert, Jonas?"

„Ich glaube, mir würde alles schmecken, was Sie zubereiten."

Tante Rosies Gesicht erstrahlte in beinahe weihnachtlichem Glanz.

„Sie sind ein echter Charmeur. Kein Wunder, dass unsere Kleine Ihnen nicht widerstehen konnte ..."

Statt zu reagieren, atmete Chrissie tief ein und überlegte, wann und wie sie sich mit Jonas würde aus der Affäre ziehen können. Zu ihrer Freude spürte sie Jonas warme Hand auf ihrem Oberschenkel und ein beruhigender Blick streifte sie. Sie entspannte sich ein wenig. Er schien die Situation nach wie vor mit Humor zu tragen. Wenigstens das!

Doch Tante Rosie legte noch eine Schippe drauf.

„... und sehr gutaussehend. Meike, ist dein Nathan auch so ein Traummann?"

„Für mich auf jeden Fall und nur darauf kommt es an", erwiderte Chrissies Schwester gänzlich ungerührt.

„Gutes Aussehen ist keine Tugend", schaltete sich Onkel Paul mahnend ein. „Gute Manieren und eine umfassende Bildung dagegen schon. Erfreulicherweise scheinen Sie über beides in hinreichender Weise zu verfügen, junger Mann. Was ich sehr schätze."

„Könnt ihr mal aufhören?", schnappte Chrissie.

Ingrid fühlte sich bemüßigt, die Wogen zu glätten.

„Nathan ist Meikes Freund. Er ist Arzt und falls Sie uns die Freude machen würden, Silvester mit uns zu feiern, könnten Sie ihn kennenlernen."

Zu Chrissies Erleichterung lehnte Jonas die Einladung ab.

„Vielen Dank, das ist sehr freundlich von Ihnen und ich würde ihn wirklich gerne kennenlernen, da ich aber zurzeit in Sonthofen bei Freunden zu Gast bin, wäre es unhöflich, Silvester nicht mit ihnen zu feiern. Ich hoffe, Sie verstehen das."

„Absolut", versicherte Hermann.

Befreit atmete Chrissie auf.

Nach dem Essen ließ es sich Jonas nicht nehmen, beim Abräumen zu helfen, was ihm trotz ihres Protestes deutlich sichtbar das Wohlwollen von Ingrid und Rosie einbrachte.

„Wer hat Lust auf einen Spaziergang?"

Auffordernd sah Meike in die Runde.

Katjas Blick glitt missmutig an ihrer Garderobe herunter, die für einen Schneespaziergang ähnlich ungeeignet war wie ein Badeanzug für eine Mondlandung.

Als dann noch Jonas neben Chrissie trat und ihr den Arm locker um die Taille legte, schien Katja jegliche Lust an gemeinsamen Außenaktivitäten endgültig vergangen zu sein.

„Nee, lasst mal. Ich chatte lieber mit ein paar Freunden."

Die restlichen Familienmitglieder jedoch schlossen sich der Aufforderung an und nahmen unterwegs, einer nach dem anderen, Jonas in Beschlag. Hermann verwickelte ihn in ein langes Gespräch über Bauprojekte, während Onkel Paul sein Allgemeinwissen abzufragen schien. Ingrid hätte zu gerne mehr über Jonas Privatleben erfahren, kam aber kaum zu Wort.

Tante Rosie hakte sich derweil bei ihren beiden Nichten unter und schwärmte: „Ein netter junger Mann, Chrissie. Und Paul hat ganz Recht: Er ist klug und wohlerzogen und gut gekleidet, möchte ich ergänzen."

„Sein Hemd ist altrosa", warf Meike amüsiert ein. „Weißt du noch, was du gestern über die Kleidung von Nachrichtensprechern gesagt hast, Tante Rosie?"

„Die Mode ändert sich, meine Kleine. Man muss mit der Zeit gehen. Im Übrigen steht Jonas die Farbe ausgezeichnet. Sie passt zu seinem Haar, findet ihr nicht?"

10. Kapitel

Nach ihrer Rückkehr wuchs Chrissies Erleichterung, den offiziellen Teil des Tages beendet zu haben, ins Unermessliche. Jetzt musste sie Jonas nur auf kreative Weise den Klauen ihrer Sippe entreißen und es würde doch noch ein angenehmer Samstag werden.

„Und was machen wir nun?", fragte Tante Rosie.

Plötzlich hatte Chrissie einen Geistesblitz. Warnend drückte sie Jonas Hand und warf ihm einen bedeutungsvollen Blick zu. Dann kniff sie die neben ihr stehende Meike leicht in den Arm.

Anschließend sagte sie völlig unvermittelt: „Was hältst du von einem Kinobesuch, Jonas? Läuft nicht momentan dieser neue Star-Wars-Film?"

Jonas und Meike zogen gleichermaßen die Augenbrauen hoch. Ihre Schwester reagierte zuerst.

„Eine super Idee. Leider muss ich ablehnen. Ich werde ihn nächste Woche mit Nathan anschauen."

Mit zuckenden Mundwinkeln wandte sich Jonas an Ingrid: „Wenn Chrissie es wünscht, würde ich sie gerne für ein paar Stunden entführen. Natürlich nur, falls es Ihnen nichts ausmacht, Frau Bucher."

Ingrid lächelte.

„Nein, nein. Wir sind früher auch gerne ins Kino gegangen. Geht nur. Viel Spaß euch beiden."

„Danke, Mama! Wartet nicht mit dem Essen auf mich. Der Film hat Überlänge."

„Wisst ihr denn, wann die Vorstellung beginnt?", rief Ingrid.

„Keine Ahnung, aber wir werden es schon herausfinden!"

„Wollt ihr nicht Katja fragen, ob ...?"

Das Ende des Satzes wurde vom Schließen der Wohnzimmertür übertönt.

Meike drückte ihrer Mutter einen Kuss auf die Wange.

„Lass mal, Mama. Katja wollte doch mit ihren Freunden chatten ..."

Selten hatte sich Chrissie so beeilt, aus dem Haus zu kommen. Noch war die Gefahr nicht gebannt, dass Katja von ihren Plänen erfahren und ihre Liebe für das Finale der Jedi-Saga entdecken würde. Ebenso wenig konnte man eine Aktion ihrer Mutter oder Tante ausschließen, die ihre Flucht verhindern würde. Jonas kämpfte mit seiner Erheiterung, während er Chrissie folgte, die in rasantem Tempo über die Gehwegplatten zu seinem Auto schlitterte und erst durchatmete, als er den Motor startete. Nach fünfzig Metern hielt er an.

„Du willst also ein zweites Mal Reys Geschichte sehen? Oder was genau hast du vor?", neckte er sie liebevoll.

Ein befreites Lachen brach aus Chrissie heraus.

„Egal!" Sie schnappte nach Luft. „Völlig egal! Ich wollte einfach nur weg. Nebenbei bemerkt habe ich nun ein echtes Alibi, falls mir eine Anmerkung über den Film herausrutschen sollte. Das kann nicht schaden."

„Wirklich pfiffig von dir."

Behutsam strich er eine Strähne zurück, die Chrissie ins Gesicht gefallen war.

„Gegen Abend lade ich dich gern zum Essen ein, aber momentan bin ich pappsatt. Deine Tante ist wirklich eine fabelhafte Köchin."

„Das stimmt."

„Die Frage bleibt: Was machen wir nun? Wären wir in München, würde ich jetzt fragen: Zu dir oder zu mir?"

„Lass uns ein bisschen durch Oberstdorf bummeln. Dann kann ich nachher sagen, dass ich im Zentrum war, ohne zu lügen."

„Einverstanden. Sicher finden wir dort später eine Pizzeria, in der wir zu Abend essen können."

„Sehr gut. Fährst du bitte los?"

„Sofort, Gnädigste. Aber zuerst erbitte ich einen Kuss. Ich bin nämlich auf Entzug."

„Quatsch!"

„Ehrlich. So kann ich unmöglich fahren."

„Na, schön ..."

Nachdem Jonas Wunsch erfüllt war, verbrachten sie einen abwechslungsreichen Nachmittag im Ortskern. Engumschlungen schlenderten sie durch die Einkaufsstraßen, schossen ein paar alberne Selfies, diskutierten über die Auslagen einzelner Schaufenster und lasen die Karten verschiedener Gaststätten und Restaurants. Zwischendurch zog Jonas Chrissie mehrmals in seine Arme, um sie zu küssen.

„Jetzt müsstest du die Entzugserscheinungen aber langsam im Griff haben", flachste sie schließlich.

„Niemals. Sobald ich dich loslasse, fängt es sofort wieder an."

„Das klingt ja furchtbar!"

„Finde ich gar nicht."

Chrissie blieb stehen.

„Wie lange bleibst du eigentlich in Sonthofen?"

„Wenn möglich, werde ich mich nach dir richten. Wann planst du nach München zurückzufahren?"

„Vielleicht am zweiten oder dritten Januar."

„Passt beides für mich."

Er strich über ihre Wange und zog sie erneut an sich heran.

„Hey! Wir sprachen gerade über die Rückfahrt!"

„Ich dachte, das wäre geklärt."

„Du hast nicht gesagt, ob du mich mitnimmst."

„Natürlich bringe ich dich heim. Das stand nie zur Debatte. Aber wenn du es ganz offiziell haben willst ..."

Jonas trat einen Schritt zurück, ergriff ihre Hand und hauchte einen Kuss darüber. Anschließend räusperte er sich.

„*Mein schönes Fräulein, darf ich wagen, meinen Arm und Geleit Ihr anzutragen?*"

„Der Ur-Faust? Dein Ernst? Also gut: *Bin weder Fräulein, weder schön ...*"

„Das sehe ich anders ..."

„Pscht! Unterbrich mich nicht! ... *Kann ungeleitet nach Hause gehen.*"

„Auch hier bin ich anderer Meinung."

„Wenn Onkel Paul das gehört hätte! Er hält große Stücke auf belesene Menschen."

„Das ist wahr. Er hätte bestimmt seine helle Freude gehabt."

Obwohl sie viel Spaß hatten, waren sie froh, als es Zeit wurde, sich einen Zweiertisch in einer Pizzeria zu suchen.

Chrissie fröstelte.

„Endlich! Mir wurde langsam richtig kalt. Ein Stadtbummel ist einfach etwas völlig anderes als eine Wanderung."

Sie vertieften sich in die Speisekarten an der Eingangstür.

„Such dir etwas aus. Ich lade dich ein."

„Das hatten wir doch schon geklärt, oder?"

„Keine Widerrede. Gestern hast du selbst bezahlt, heute erlaubst du mir, das zu übernehmen. Bitte!"

Jonas Gesicht nahm einen derart flehenden Ausdruck an, dass sie sich ein Lachen nicht verbeißen konnte.

„Na gut, ausnahmsweise. Aber ich nehme nur einen Salat. Wir haben ja vorhin warm gegessen."

„Einverstanden."

Jonas rückte Chrissies Stuhl zurecht.

„Ich wollte dich noch fragen, ob du Lust auf eine weitere Wanderung mit Lilly und Markus hast? Wir werden morgen wieder losziehen. Am Montag müssen sie leider arbeiten."

„Falls es die beiden nicht stört, bin ich gerne dabei."

„Das wollte ich hören."

Jonas reichte Chrissie über den Tisch hinweg seine Hand und schaute ihr tief in die Augen.

„Ich habe mich bei meinen Aufenthalten in Sonthofen selten so auf München gefreut. Alles wäre so viel einfacher, wenn wir einen Rückzugsort und weniger Menschen um uns hätten. Findest du nicht?"

Chrissie nickte. Oh ja, das fand sie auch!

Als sie sich am Abend zuhause blicken ließ, war die ganze Familie voll des Lobes über Jonas.

„So ein netter Junge, meine Kleine."

Tante Rosie tätschelte Chrissies Arm.

„Jonas ist wirklich sympathisch", bestätigte Hermann.

„Wie lange wolltest du uns deinen Freund eigentlich noch vorenthalten? Wenn ich geahnt hätte, wie zuverlässig er ist, hätte ich dir selbst vorgeschlagen, mit ihm zu fahren."

Ingrid sah Chrissie verständnislos an.

„Er liest neben Thriller und Krimis sogar die alten Klassiker! Den musst du dir unbedingt warmhalten, meine Liebe."

Onkel Paul zwinkerte Chrissie verschwörerisch zu.

Meike verfolgte die Aneinanderreihung von Lobeshymnen höchst amüsiert.

Als obendrein Katja, die inzwischen einen bequemen Jogginganzug trug, von ihrem Smartphone aufblickte und verlauten ließ „Er hat wirklich nur Augen für dich. Das muss man neidlos anerkennen!", war Chrissie völlig perplex.

Hatte sie die falsche Abzweigung genommen oder den Schlüssel ins Schloss des Nachbarhauses gesteckt? Dies konnte unmöglich ihre Familie sein! Schon alleine deshalb nicht, weil man sich im Hause Bucher aus Prinzip niemals einig war!

„Klapp den Mund zu", sagte Katja trocken. „Dein Jonas ist der Traum aller Schwiegermütter und für den Rest der Familie scheint er auch ganz erträglich zu sein."

Nach diesen höchst denkwürdigen Worten vertiefte sie sich wieder in ihre privaten Nachrichten.

Gerade als der Vorspann der Spätnachrichten über den Fernsehbildschirm flackerte, fiel Katja allerdings zu Onkel Pauls Missfallen eine unaufschiebbare Frage ein.

„Wie war eigentlich der Film?“

„Welcher Film?“

„Ruhe! So verpassen wir ja alles!“

„Welcher Film? Du machst Witze! Habt ihr nonstop rumgeknutscht, sodass du nicht mal mehr weißt, in welchem Film du warst?“

„Nein. Haben wir nicht.“

Zu ihrem Ärger und Katjas Vergnügen errötete Chrissie.

„Oh, ha! Dein Jonas ist wohl ein echter Draufgänger. Ich platze vor Neid.“

„Geht das bitte etwas leiser?! Es ist wichtig, über die aktuellen Ereignisse der Welt auf dem Laufenden zu bleiben.“

Onkel Pauls Stimmung begann zu kippen.

„Da bin ich ganz deiner Meinung! Los, Chrissie, gehen wir nach nebenan, damit du mich über alle brandheißen Neuigkeiten informieren kannst.“

„Es reicht, Katja!“

Nun wurde selbst Hermann ungehalten, während Ingrid zu vermitteln versuchte: „Chrissie wird dir später sicher gern von dem Film erzählen, Schatz.“

„Wie denn? Sie kann sich offenbar gar nicht erinnern, im Kino gewesen zu sein.“

„Doch natürlich“, widersprach Chrissie lahm.

„Zum Donnerwetter! Jetzt haben wir von dem Bericht überhaupt nichts verstanden!“

Endlich verstummte Katja und Chrissie verbrachte die restliche Sendezeit damit, mental ihren bevorstehenden Frontalangriff auf die jüngere Schwester vorzubereiten. Kaum, dass die Moderatoren-Verabschiedung verklungen war, legte sie los.

„Der Film ist super und hat ein überraschendes Ende. Fand ich zumindest. Rey ist klasse, aber ich will dich nicht spoilern. Vielleicht gehst du ja auch rein. Das Kino war übrigens sauber und gut gelüftet. Über das Popcorn kann ich mich nicht beschweren. Sonst noch Fragen?"

„Und wie war deine Begleitung?", hakte Katja nach.

„Sehr nett."

„Nett?!"

Chrissie fiel Onkel Pauls Bemerkung über die gemeinsame Vorliebe für Literatur ein.

„Wir haben uns über Bücher unterhalten."

„Bücher?!"

„Genau! Die alten Klassiker."

„Klassiker?!"

„Richtig. Goethes Faust zum Beispiel ..."

„Faust?!"

Das war Onkel Pauls Stichwort.

„Ich sagte ja bereits, dass der junge Mann eine erfreuliche Ausnahme im Vergleich zum Großteil eurer Generation bildet. Und was dich betrifft, liebe Katja, hast du vergessen, wie man ganze Sätze bildet?"

„Wie bitte?"

„Die Verständigung in der deutschen Sprache erfolgt gewöhnlich mindestens in Zwei-Wort-Sätzen – bestehend aus Subjekt und Prädikat. Es wäre sehr erfreulich,

wenn du das bei der Kommunikation berücksichtigen
könntest.“

„Was du nicht sagst.“

„Das war immerhin ein Anfang. Vielleicht ist noch
nicht alles verloren!“, bemerkte Onkel Paul sarkastisch.

11. Kapitel

Wie versprochen, schickte Jonas am späten Abend eine Nachricht, in der er Chrissie ankündigte, sie am kommenden Morgen erneut um zehn Uhr abzuholen. Mit Erstaunen nahm sie zur Kenntnis, dass ihre Mutter keine Einwände hatte, obwohl es sich um einen Sonntag handelte, an dem sowohl ein gemeinsamer Kirchgang als auch ein ausgiebiges Frühstück auf dem Programm standen.

„Was hast du mit meiner Familie angestellt?", fragte sie Jonas, sobald sie neben ihn in den Fond von Lillys und Markus Wagen geklettert war. „Anstatt mir Steine in den Weg zu legen und hunderte von Bedenken zu äußern, hat meine Mutter mich quasi hinauskomplimentiert."

„Das ist doch super."

„Onkel Paul lässt dich grüßen und möchte wissen, ob du Schiller, Heine und Fontane liest."

„Sag ihm, ich hätte einiges vom alten Schiller gelesen und Heinrich von Kleist."

„Er wird dich auf ewig lieben."

„Und ich liebe dich", flüsterte Jonas in Chrissies Ohr.

„Etwas lauter bitte. Ich kann hier vorne sonst nichts verstehen", meldete sich Markus zu Wort.

„Umso besser. Das war sowieso nicht für deine Segelohren bestimmt."

Chrissies Herz schlug ihr bis zum Hals. Ihre Gedanken rasten. Jonas lächelte sie an und drückte ihre Hand. Wärme durchflutete sie. Was hätte sie darum gegeben, seine Lippen auf ihren zu spüren. Sehnsüchtig erwiderte sie seinen Blick und kuschelte sich schließlich an ihn, soweit das im fahrenden Auto möglich war. Für einen Moment schloss Chrissie die Augen. Als sie sie wieder öffnete, klangen seine Worte noch in ihr nach, aber ihr Herzschlag hatte sich wieder normalisiert. Sie lächelte.

„Bevor ich es vergesse: Katja fragt an, ob du zufällig einen jüngeren Bruder hast."

„Warum das?"

„Sie hält dich für einen echten Casanova, weil ich total dämlich reagiert habe, als sie mich nach dem Film fragte."

„Du hast dein eigenes Alibi vermasselt?" Jonas hob in gespielter Verzweiflung beide Hände in die Höhe. „Und ganz nebenbei meinen guten Ruf ruiniert? Jetzt bin ich geliefert. Keine Frau in Oberstdorf, die etwas auf sich hält, wird sich noch mit mir verabreden."

„Macht nichts", bemerkte Lilly trocken. „Es reicht, wenn Chrissie das tut."

Jonas Augen funkelten lausbubenhaft und Chrissie konnte den Blick nicht von seinem Gesicht abwenden. Ihr Herz schlug heftig gegen den Brustkorb. Es war kaum zu glauben, wie sehr er sie in den wenigen Tagen in seinen Bann gezogen hatte.

Zu fünft – Hannibal eingerechnet – verbrachten sie einen herrlichen Tag vor traumhafter Kulisse, den Chrissie aus ganzem Herzen genoss. Gegen Nachmittag hätte sie trotz der einsetzenden Müdigkeit am liebsten die Uhr zurückgedreht.

„Das war eine tolle Tour."

Begeistert betrachtete sie den naheliegenden Wald, der aufgrund des Schnees und des schwindenden Tageslichts beinahe verwunschen wirkte.

Markus öffnete den Kofferraum.

„Möchtest du deinen Rucksack hineinstellen, Chrissie?"

„Nein, danke. Ich nehme ihn mit nach vorne, um etwas zu trinken. Aber meine Jacke lege ich neben die Transportbox, wenn ich darf."

Jonas hielt den beiden Frauen die Autotüren auf.

„Was machst du eigentlich übermorgen?", erkundigte sich Lilly unvermittelt.

„An Silvester feiere ich mit meiner Familie."

„Schade. Es wäre schön gewesen, dich bei uns zu haben."

„Wirklich? Ich würde den Abend sehr gerne mit euch verbringen, aber ich fürchte, ich bin fest eingeplant."

„Das verstehen wir natürlich. Solltest du deine Meinung ändern, würden wir uns sehr freuen."

Lilly drückte die neugewonnene Freundin kurz an sich.

„Danke. Das ist lieb von euch."

Unsicher suchte Chrissie Augenkontakt zu Jonas. Er war ganz in den Anblick der beiden versunken und beantwortete die unausgesprochene Frage mit einem Lächeln.

Alle stiegen ein und Markus ergriff das Wort.

„Du kannst es gerne kurzfristig entscheiden. Jonas könnte dich jederzeit abholen. Und natürlich bist du herzlich eingeladen, bei uns zu übernachten, falls du möchtest."

Chrissie zuckte beinahe unmerklich zusammen. Sie wusste nicht, ob sie bei so viel Nähe Jonas Charme würde widerstehen können. Eine leise Stimme erklang in ihrem Inneren, die unangenehme Erinnerungen hervorrief und zur Vorsicht mahnte. Es war nicht leicht, die Dämonen der Vergangenheit loszuwerden.

Jonas hatte ihre Reaktion bemerkt und versicherte: „Keine Sorge. Ich werde nichts trinken und bringe dich nach Hause, wann immer du willst."

Erleichtert küsste Chrissie ihn auf die Wange. Seine Bartstoppeln kratzten ein wenig und verursachten einen angenehmen Schauder auf ihrer Haut. Sie schob den Mund ganz dicht an sein Ohr und flüsterte: „Und dafür liebe ich dich."

Sie hatte es gesagt. Sie hatte es tatsächlich gesagt. Ohne darüber nachzudenken. Ihre eigenen Worte erstaunten Chrissie. Aber sie wusste, dass es die Wahrheit war und Jonas wusste es ebenfalls. In seinen wunderschönen, braunen Augen konnte sie es erkennen. Trotzdem verursachte ihr die Situation ein leichtes Unbehagen. Durfte man nach nur fünf Tagen von Liebe sprechen? Ihr Herz beantwortete die Frage mit einem klaren „Ja" und sein Blick bestätigte sie. Die Anspannung wich und ein glückliches Lächeln breitete sich auf Chrissies Gesicht aus.

Für Jonas war Markus wie ein Bruder und Lilly seit Jahren eine gute Freundin, in diesem Moment allerdings wünschte er die zwei samt ihres Vierbeiners ans andere Ende der Welt – oder zumindest des Landes.

Sein Freund startete den Wagen. Dabei war er sorgsam darauf bedacht, sich keinesfalls umzudrehen und seine gesamte Aufmerksamkeit auf das Armaturenbrett zu richten.

„Gib ihnen einen Moment“, murmelte Lilly verschmitzt und Markus zwinkerte ihr verschwörerisch zu.

Vor dem Haus ihrer Familie angekommen, hätte Chrissie um ein Haar ihre Jacke vergessen, aber Jonas holte sie aus dem Kofferraum.

„Ich rufe dich nachher an. Dann können wir entscheiden, was wir morgen unternehmen wollen.“

„Einverstanden.“

Unverhofft flog die Haustür auf und Onkel Paul eilte den Weg zum Gehsteig hinunter.

„Jonas! Wie schön, dass ich Sie noch erwische. Ich habe hier ein Büchlein mit den schönsten Werken Theodor Fontanes. Sie werden jedes Wort genießen, glauben Sie mir.“

Jonas bedankte sich und Chrissie wich aus, da Onkel Paul ihr, beim Versuch Jonas die Schulter zu tätscheln, beinahe eine Ohrfeige verpasst hätte.

„Vielen Dank. Ich bringe es Ihnen in den nächsten Tagen zurück.“

„Das hat keine Eile, mein Junge.“

Onkel Paul klopfte an die Autoscheibe.

„Hallo!“

„Hallo“, ertönte die dumpfe Antwort aus zwei Kehlen und Hannibal fühlte sich bemüßigt, mit einem tiefen Bellen einzustimmen.

„Ach, da ist ja auch der große Feldherr! Leider kann ich das Prachtexemplar bei der schlechten Beleuchtung kaum erkennen.“

Bedauernd stellte Jonas fest, dass er keine Gelegenheit erhalten würde, sich angemessen von Chrissie zu verabschieden.

„Bleiben Sie zum Abendbrot?", erkundigte sich Onkel Paul. „Ich weiß zwar nicht, was meine Frau und meine Schwägerin sagen, wenn ich gleich drei Gäste einlade ..."

„Nein, vielen Dank", wehrte Jonas ab. „Gute Nacht, Chrissie."

„Gute Nacht, Jonas."

„Komm, Chrissie. Das Essen steht bereits auf dem Tisch."

Winkend wandte sich Onkel Paul zum Gehen.

Als Jonas auf die Rückbank plumpste, ertönte vom Fahrersitz ein herzliches Lachen.

„Das war also der legendäre Onkel Paul? Er scheint einen echten Narren an dir gefressen zu haben. Verschwinden wir lieber, bevor der Rest der Familie auftaucht und uns tatsächlich einlädt. Heute Abend habe ich keine Lust auf förmlichen Smalltalk!"

Markus startete den Motor.

Lilly gähnte.

„Geht mir genauso. Außerdem ist morgen wieder Alltag und der Wecker klingelt um sechs Uhr früh."

„Immerhin müssen wir uns keine Gedanken um Jonas machen. Er hat nicht nur eine neue Freundin, sondern gleich eine ganze Großfamilie am Hals, er wird also kaum vereinsamen."

Behaglich streckte der Genannte die Beine aus.

„Spotte ruhig! Sobald wir in München sind, habe ich Chrissie ganz für mich allein und darauf freue ich mich tierisch.“

Im Haus hängte Chrissie unterdessen ihre Jacke auf und begab sich anschließend direkt zum Esstisch, wo sie bereits erwartet wurde.

„Schön, dass du dich auch mal wieder blicken lässt“, maulte Katja. „Ich dachte, die Woche zwischen den Feiertagen sei eine Familienveranstaltung.“

„Na, hör mal! Du willst deiner Schwester hoffentlich nicht die Zeit mit diesem sympathischen jungen Mann schlecht reden?“

Tadelnd zog Ingrid die Augenbrauen hoch, woraufhin Katja konterte: „Der Schwarm aller Schwiegermütter – ich habe es ja gesagt!“

„Was soll das denn bitte heißen?“

„Na, was wohl? Du hörst doch schon die Hochzeitsglocken läuten, Mama. Gib's zu! Wahrscheinlich planst du sogar eine Doppelhochzeit.“

„Du kannst dir jeden Feind versöhnen und verbinden, nur bei dem Neider wirst du niemals Gnade finden“, merkte Onkel Paul weise an.

„Was willst du damit sagen?“

„Ich habe mir lediglich erlaubt, Andreas Tscherning zu zitieren, einen dir vermutlich unbekannten deutschen Dichter des siebzehnten Jahrhunderts.“

„Ich bin nicht neidisch.“

„Natürlich nicht.“ Onkel Paul lächelte milde. „Und du hattest bis gestern auch keinerlei Interesse an Jonas.“

„Keineswegs!“

„Was sagte der Fuchs in der Fabel über die Weintrauben, die so hoch hingen, dass er sie nicht erreichen konnte? Er behauptete, sie seien ihm zu sauer."

„Oh, Mann! Mir reicht's. Ich gehe telefonieren."

Katja schob geräuschvoll ihren Stuhl zurück und verschwand.

„Musste das sein, Paul?", tadelte Tante Rosie.

„Also wirklich!"

Ingrid schüttelte missbilligend den Kopf.

„Wieso? Wer austeilt, muss auch einstecken können und austeilen kann die liebe Katja nur allzu gut."

Selbstzufrieden überkreuzte Onkel Paul die Arme vor der Brust. Diese Schlacht war gewonnen! Er für seinen Teil hatte nicht vor, sich permanent einer spätpubertierenden Besserwisserin geschlagen zu geben.

„Nirgends ist es so schön wie zuhause", murmelte Chrissie. Mit jeder Minute, die verstrich, freute sie sich mehr darauf, später in Ruhe mit Jonas zu telefonieren.

Nach einer deftigen Brotzeit mit einem herrlich kühlen Bier, holte Lilly eine Flasche Wein hervor, die Markus bereitwillig köpfte. Zu dritt saßen sie vor dem knisternden Kaminfeuer und ließen es sich schmecken.

„Ihr habt doch nichts dagegen, wenn ich mich kurz bei Chrissie melde?"

„Natürlich nicht."

Lilly kuschelte sich in Markus Arme.

Jonas ließ es einige Mal klingeln. Der Anrufbeantworter sprang an.

„Wahrscheinlich essen sie noch."

„Immer noch? Glaube ich nicht. Vielleicht hat sie es nicht klingeln hören."

Wenig später probierte Jonas es erneut.

„Seltsam.“

Lilly gähnte herzhaft.

„Entschuldigt, Männer. Ich glaube, ich werde heute nicht mehr alt. Mein Bett ruft.“

„Geh du schlafen, ich drehe eine kurze Runde mit Hannibal.“

Markus erhob sich.

Tatsächlich dauerte es fünfzehn Minuten, in denen Jonas weitere zehn Mal Chrissies Nummer wählte. Plötzlich schritt der Neufundländer schwanzwedelnd ins Zimmer, gefolgt von Markus, der Jonas wortlos ein klingelndes Smartphone entgegenstreckte. Irritiert legte Jonas auf und sofort verstummte das Geräusch.

„Ist das Chrissies?“

„Scheint so. Als ich am Kofferraum vorbeikam, hörte ich ein gedämpftes Geräusch und habe nachgesehen. Es muss aus ihrer Jacke gerutscht sein, die sie neben die Transportbox gestopft hatte.“

Stirnrunzelnd nahm Jonas das Mobiltelefon entgegen.

„Ich würde es ihr ja bringen, aber dafür habe ich zu viel Alkohol im Blut. Sie wird sich wundern, wo es ist und warum ich nicht anrufe.“

„Unsinn. Sie wird zwei und zwei zusammenzählen und sich denken, wo sie es verloren hat. Vielleicht ruft sie dich an.“

„Ich denke, das kann sie nicht, weil sie meine Nummer nicht kennt. Sie hat sie schließlich hier drin eingespeichert.“

Er streckte Chrissies Smartphone in die Luft.

Markus nickte.

„Wir könnten im Internet nach der Festnetznummer ihrer Familie suchen. Aber es ist schon recht spät. Ich würde da nicht mehr anrufen, wenn ich du wäre."

„Egal. Morgen früh werde ich bei Buchers vorbeifahren und Chrissie das Smartphone bringen. Ich hatte sowieso überlegt, ob ich ..."

Jonas starrte verträumt auf das knisternde Feuer.

„Was hattest du überlegt?"

„Findest du es unpassend, wenn ich ihr ein Geschenk besorge? Eine Kette oder so? Ich könnte sie Chrissie zum Jahreswechsel schenken."

Markus musterte seinen Freund.

„Sie wird sich sicher darüber freuen." Er klopfte ihm freundschaftlich auf die Schulter. „Und jetzt entschuldige mich. Ich gehe schlafen."

„Alles klar. Gute Nacht."

Während Markus im Bad rumorte, drehte Jonas das Mobiltelefon unschlüssig in der Hand hin und her. Überrascht zuckte er zusammen, als es plötzlich brummte. Er zögerte. Sollte er nachschauen, ob es gesperrt war? Vielleicht war es das nicht und Chrissie schickte bereits Nachrichten von einem der Smartphones ihrer Familie. Da überkam ihn eine Idee. Möglicherweise konnte er die Nummer von Meike oder Katja ausfindig machen und Bescheid sagen, wo Chrissies Telefon aufgetaucht war.

Zu Jonas Erleichterung war die Tastatur nicht gesperrt, was ihn veranlasste, zunächst die Nachrichten zu überprüfen. Falls sie von Chrissie kamen, könnte er umgehend antworten.

Leider stammten sie nicht von ihr, sondern von jemandem mit den Initialen N.W., wie Jonas bedauernd feststellte. Tatsächlich hatte Chrissie hauptsächlich Initialen gespeichert. Er suchte nach M.B. für Meike Bucher, fand jedoch keinen solchen Kontakt. Bevor er entschieden hatte, was zu tun sei, brummte das Handy erneut. N.W. war hartnäckig. Das Display zeigte bereits sieben Nachrichten an! Instinktiv drückte Jonas auf die Anzeige und las:

Hey Chrissie, ich muss dich dringend sprechen. Kann dich telefonisch nicht erreichen. Bitte melde dich heute noch bei mir. Danke.

Tja, offenbar konnten sich N.W. und er die Hand reichen. Er selbst hätte Chrissie ebenfalls allzu gerne gesprochen. Die zweite Nachricht lautete:

Chrissie? Kannst du dich bitte bei mir melden?

Gefolgt von der dritten:

Chrissie, wo steckst du bloß? Bitte ruf mich an. Es ist wichtig!

Wer um Himmels Willen war N.W. und was wollte er oder sie von Chrissie? Da das Anliegen offenbar von höchster Dringlichkeit war, folgten vier weitere Nachrichten.

Verflixt, Chrissie. Nun melde dich endlich! Du musst mich morgen früh treffen und zwar heimlich!

Jonas fühlte sich unbehaglich. Einerseits wegen des Inhalts der Nachrichten und der Hartnäckigkeit des Absenders, andererseits aber auch, weil er gerade Dinge las, die nicht für ihn bestimmt waren. Noch bevor er sich dazu durchringen konnte, das Smartphone aus der Hand zu legen, waren seine Augen über die letzten Nachrichten gehuscht. Was er dort las, gefiel ihm allerdings überhaupt nicht.

Mensch, Chrissie. Lass mich nicht hängen! Ich brauche dich wirklich!

Sein Magen zog sich zusammen.

Hör zu, irgendwann wirst du das hier ja hoffentlich lesen. Ich mache mich morgen in aller Frühe auf den Weg nach Oberstdorf. Bitte triff mich um halb neun am Ende der Straße deiner Eltern. Sag niemandem ein Wort! Ich werde dort im Auto auf dich warten.

Jonas Atmung beschleunigte sich. Einem unbestimmten Gefühl zufolge ordnete er diese Nachrichten einem Mann zu, obwohl keine von ihnen einen Absender oder Namen trug. Was wollte der Kerl von Chrissie? Jonas las auch die letzten Zeilen.

Versprich mir, niemanden über unser Treffen zu informieren. Ich verlasse mich auf dich, Chrissie. Schlaf gut!

Was zum Henker …! Jonas stand auf und ging erregt im Wohnzimmer auf und ab. Hannibal, der sich in seinen Korb gekuschelt hatte, hob erstaunt den Kopf und sah ihn fragend an. Im Haus war es still. Sollte er Markus und Lilly stören? Auf keinen Fall. Sie mussten beide früh aufstehen und hätten ohnehin nichts tun können.

Er musste am Morgen zu Chrissie fahren und herausfinden, was es mit diesem mysteriösen Nachrichtenschreiber auf sich hatte. Ehe Jonas ins Bad ging, stellte er seinen Handy-Wecker auf sieben Uhr. Er würde vor halb neun in Oberstdorf sein und auf diesen Wegelagerer warten und dann ...!

Chrissie hatte in der Zwischenzeit ihr Smartphone vermisst. Zunächst durchsuchte sie ihre Jackentaschen und den Rucksack. Danach überlegte sie, ob sie es beim Heimkommen in der Eile an einen ungewohnten Platz gelegt und diesen in der Hektik vergessen haben könnte. Als sie es jedoch nirgends fand, kam sie zu dem Schluss, das Telefon beim Wandern verloren zu haben. Verflixt! Wann hatte sie es zuletzt in der Hand gehabt? Sie überlegte angestrengt. Das letzte Mal hatte sie es bei der Wanderung benutzt, um Fotos zu schießen. Hoffentlich lag es nicht irgendwo im Schnee! Dann sähe sie es nie wieder.

Womöglich versuchte Jonas seit Stunden vergeblich, sie anzurufen. Der Ärmste! Dummerweise hatte sie seine Nummer nirgends notiert, sondern sich auf ihr digitales Telefonbuch verlassen. Sie sollte sich unbedingt angewöhnen, wichtige Dinge zusätzlich anderswo zu hinterlegen.

Meike gesellte sich zu ihr.
„Was ist los? Suchst du etwas?"

„Ich scheine mein Smartphone verloren zu haben. Es ist nirgends zu finden. Verdammt! Jonas wollte sich heute Abend melden.“

„Vielleicht liegt es im Auto?“

„Möglich. Leihst du mir dein Handy, damit ich anrufen kann?“

„Klar!“

Meike überließ ihrer Schwester ihr Mobiltelefon. Diese wählte ihre eigene Nummer und lauschte angespannt.

„Nichts. Nur die Mailbox. Entweder es liegt irgendwo im Schnee oder tatsächlich in Markus Wagen. Zu ärgerlich!“

Jonas drehte den Wasserhahn zu. Hatte da eben ein Telefon geklingelt? Womöglich wieder dieser N.W.? Dem würde er etwas erzählen! Wütend sprintete er aus dem Bad. Hannibal hob verwundert seinen mächtigen schwarzen Kopf, als der Gast ins Wohnzimmer raste. Wo lag dieses Handy?

„Na warte! Hey, was ist denn nun los? Ach, der Akku ist leer. Dann habe ich mir das wohl eingebildet. Ich werde schon ganz paranoid, alter Junge. Was sagst du dazu?“

Hannibal sah Jonas verständnisvoll an. Dieser tätschelte ihn freundschaftlich.

„Gute Nacht, Großer. Ich geh mal ins Gästezimmer und hau mich hin. Schlaf gut.“

Während der Neufundländer diesen Rat beherzigte und neben der Restwärme des Kamins eine angenehme Nacht verbrachte, konnte Jonas stundenlang nicht einschlafen. Er hatte ein schlechtes Gewissen wegen seiner Indiskretion und machte sich gleichzeitig Sorgen um Chrissie. War dieser N.W. ein aufdringlicher Ex-Freund? Ein Stalker? Ein Irrer? Seine Nachrichten waren mehr als penetrant. Man durfte solchen Leuten nicht trauen.

Außerdem war Jonas wütend. Er hatte sich mit Chrissie im siebten Himmel gewähnt und nun tauchte plötzlich irgendein lästiger Kerl auf und nagende Zweifel machten sich in Jonas breit. Konnte man einen Menschen nach fünf Tagen gut genug einschätzen, um sich wirklich sicher zu sein? War Chrissie der Typ Frau, der gleich mehrere Eisen im Feuer hatte? Alles in Jonas sträubte sich gegen diese Vorstellung, doch seine selbstquälerischen Gedanken ließen ihn nicht zur Ruhe kommen.

12. Kapitel

Es war kurz vor fünf, als Jonas endlich in einen tiefen, traumlosen Schlaf fiel und fast halb neun, als er wenig ausgeruht daraus erwachte. Im Dämmerzustand angelte er nach seinem Smartphone und sprang mit einem Satz aus dem Bett! Er fluchte wie ein Kesselflicker und wunderte sich, warum der Wecker versagt hatte.

Markus und Lilly waren längst aus dem Haus und so kam niemand außer dem herbeigeeilten Hannibal in den Genuss, das Ballett zu beobachten, das Jonas beim Anziehen veranstaltete, weil er in mehrere Kleidungsstücke auf einmal hineinschlüpfen wollte. An Frühstück war unter den gegebenen Umständen nicht zu denken und so raste Jonas mit offener Jacke aus dem Haus. Zur unbegründeten Freude des Hundes trat er Sekunden später wieder durch die Tür, schnappte sich beide Mobiltelefone und flüchtete erneut. Hannibal verstand die Welt nicht mehr und kehrte ernüchtert in seinen Korb zurück.

Chrissie war früh aufgewacht und hatte sich mit einem Buch in ihr Bett gekuschelt. Ein Geräusch ließ sie aufhorchen. Verwundert hob sie den Kopf und lauschte. Da! Schon wieder! Es klang wie ein Klopfen.

Um Himmels Willen: Vor der Balkontür bewegte sich eine Gestalt! Das Klopfen wurde energischer. Chrissie sah sich suchend im Zimmer um. Schließlich ergriff sie ihren alten Tennisschläger und schlich derart bewaffnet zur Fensterfront. Mit einer blitzschnellen Bewegung zog sie die Gardine beiseite und starrte in das Gesicht von Meikes Freund.

Fassungslos öffnete sie die Außentür.

„Nathan!"

„Leise! Es soll niemand wissen, dass ich hier bin!"

„Was machst du auf unserem Balkon? Und warum klopfst du bei mir und nicht nebenan bei Meike?"

„Weil sie es nicht wissen soll! Sag mal, liest du neuerdings keine Nachrichten mehr?"

„Ich habe mein Handy verloren."

„Das erklärt einiges!"

„Von welchen Nachrichten redest du und warum darf Meike nichts von deiner Ankunft erfahren? Sie erwartet dich erst morgen und wird sich total freuen ..."

„Pscht! Es ist eine Überraschung und ich brauche deine Hilfe. Zieh dich an und schleich mit mir runter. Um neun macht der Juwelier im Zentrum auf und du musst mir helfen, einen Verlobungsring auszusuchen."

„Oh!"

Chrissie strahlte ihn an.

„Meinst du, sie wird sich freuen?"

„Was für eine Frage! Sag mal, wie bist du eigentlich auf den Balkon gekommen?"

„Über die Regentonne und an Regenrinne und Rosengitter entlang. Jetzt habe ich mindestens drei Dornen in den Händen, aber das ist es mir wert. Los beeil dich!"

Nathan drehte sich diskret zur Tür und Chrissie schlüpfte in ihre Kleidung vom Vortag.

„Fertig!"

„Respekt. Das ging schnell. Meinst du, wir können durch das Treppenhaus hinunterschleichen? Ich möchte auf keinen Fall nochmal den Weg über das Gitter nehmen.“

„Verstehe. Bleib einfach dicht hinter mir und keinen Laut!“

Nathan nickte und wie die Indianer auf dem Kriegspfad pirschten sie ins Erdgeschoss und aus dem Haus.

Als Jonas mit quietschenden Reifen direkt vor Buchers Domizil zum Stehen kam, war – abgesehen von einigen zugeschneiten Exemplaren – weit und breit kein anderes Auto zu sehen. Hastig stieg er aus und sah auf dem wenigen Neuschnee frische Fußspuren: Größere, die zum Grundstück hin- und wieder wegführten und kleinere, die am Tor begannen und vor dem Garten der Nachbarn am Bordstein endeten. Zu spät! So ein Mist! Chrissie war längst in das Auto von N.W. eingestiegen. Wie war das möglich, nachdem er die Nachrichten an ihrer Stelle abgefangen hatte? Ob N.W. seine Geheimhaltungspläne aufgegeben und entgegen seiner Ankündigung bei den Buchers geklingelt haben mochte?

Verzweifelt kehrte Jonas von der Spurensuche am Straßenrand zurück und stieg in sein Sportcoupé.

Nach kurzem Überlegen, währenddessen er sich Chrissies Liebesgeständnis vom Vortag ins Gedächtnis rief, beschloss er, zunächst seinen ursprünglichen Plan zu verfolgen. Er fuhr in die Ortsmitte von Oberstdorf und suchte in einem Juweliergeschäft eine hübsche Goldkette mit einem filigranen Schneeflockenanhänger aus. In Anbetracht der Ereignisse rund um ihren ersten Kuss fand er das Schmuckstück äußerst passend und war sich sicher, dass es Chrissie gefallen würde.

Zufrieden steckte Jonas das Geschenk in die Jackentasche und machte sich auf die Suche nach einer Bäckerei, um das versäumte Frühstück nachzuholen und sein weiteres Vorgehen zu überdenken.

Derweil waren Chrissie und Nathan nach längerem Suchen ebenfalls fündig geworden. Gemeinsam hatten sie einen schlichten, aber edlen Verlobungsring auserkoren, der perfekt auf Chrissies Ringfinger passte.

„Er steht Ihnen ausgezeichnet", schwärmte der Juwelier.

„Vielen Dank."

Sie kicherte, während Nathans Mundwinkel zuckten. Beides erschien dem Verkäufer wie das übermütige Verhalten eines frisch verliebten Paares und sie verzichteten darauf, ihn über seinen Irrtum aufzuklären. Nachdem Nathan bezahlt hatte, verließen sie das Geschäft. Zu Chrissies Erstaunen zog ihr Schwager in spe sie in eine ruhige Seitenstraße. Den Ring hielt er noch immer in der Hand.

„Willst du ihn nicht lieber einpacken?"

„Gleich. Es ist nur ... "

„Was?"

„Vielen Dank für deine Hilfe, aber ich bin total nervös."

„Mach dir keine Sorgen. Meike wird begeistert sein und ganz sicher ‚Ja' sagen."

„Würdest du eventuell ... ich meine ... könnten wir das mal kurz zusammen durchspielen? Du an Meikes Stelle und ich ...?"

„Wirklich? Naja, wenn es der Sache dienlich ist ..."

Jonas hatte sein Frühstück beendet und machte sich auf den Rückweg zum Parkhaus. Gedankenversunken bog er in die falsche Straße ein, bemerkte es aber zunächst nicht. In einiger Entfernung kniete ein junger Mann vor einer Frau und ... Moment! War das Chrissie? Jonas schnappte nach Luft. Intuitiv wich er in einen Hauseingang zurück. Was taten sie da? Sie streckte ihm die Hand entgegen und der Kerl ...? Es war nicht zu glauben! Er steckte ihr etwas an den Finger. Und was tat Chrissie? Sie lachte glockenhell auf und streckte die Hand in die Höhe. Offenbar bewunderte sie ein Schmuckstück. Der Mann stand auf und sie fiel ihm um den Hals. Die Knie wurden Jonas weich und er musste sich an der Hauswand abstützen. Das konnte nicht wahr sein! Er wollte nicht glauben, was er sah. Von einer Sekunde zur anderen wurde ihm speiübel und die Welt um ihn herum begann sich zu drehen. Jonas lehnte sich mit dem Rücken an die kalte Wand und konzentrierte sich auf seine Atmung. Es dauerte eine gefühlte Ewigkeit, bis er sich im Stande fühlte, aus dem Hauseingang zu treten. Chrissie und der Fremde waren verschwunden.

„Wann wirst du Meike den Antrag machen?"
„Morgen um Mitternacht. Was hältst du davon?"
„Perfekt! Diesen Jahreswechsel wird sie nie vergessen."
„Das hoffe ich."
„Du hast aber nicht vor, dich die nächsten eineinhalb Tage in meinem Kleiderschrank zu verstecken, oder?"
„Sicher nicht. Du darfst mich der Familie als Überraschung präsentieren."

Chrissie überlegte.

„Das wäre ungeschickt. Wenn wir zusammen beim Frühstück erscheinen, könnte Meike Lunte riechen. Ich habe einen besseren Vorschlag: Du lässt mich am Anfang der Straße aussteigen und ich behaupte, einen Morgenspaziergang gemacht zu haben. Daran sind sie inzwischen gewöhnt. Nach einer Viertelstunde fährst du mit dem Auto vor und klingelst."

Nathan nickte.

„Ein sehr guter Plan, Chrissie."

Der Puls von Jonas hatte sich langsam normalisiert. Sein Entsetzen war einer abgrundtiefen Enttäuschung gewichen. Die Übelkeit hatte sich in ein bleiernes Gefühl verwandelt, das ihn nach unten zu ziehen drohte. Langsam ging er zu der Stelle hinüber, an der Chrissie mit dem Fremden gestanden hatte. Ein kleiner Zettel im Schnee erregte seine Aufmerksamkeit. Jonas bückte sich. Es war die Quittung eines Juweliergeschäfts. Eine kalte Hand griff nach seinem Herzen. Flüchtig musterte er den Zahlungsbeleg. N.W. hatte sich den Ring etwas kosten lassen. Knauserig schien er nicht zu sein – der Neue an Chrissies Seite.

Ohne darüber nachzudenken, schob er das Papier in seine Hosentasche und ging weiter. Hinter der nächsten Ecke erblickte Jonas das Schaufenster des betreffenden Goldschmieds. Zögernd betrat er den Laden.

„Guten Morgen."

„Guten Morgen. Wie kann ich Ihnen helfen?"

„Ich suche ... eine Bekannte. Sie wollte heute Morgen hierherkommen. Sie ist Ende zwanzig, groß und schlank, hat blondes langes Haar und trägt eine dunkelblaue Winterjacke. Und ihr Begleiter ..."

„Ah, ja! Die beiden haben einen Verlobungsring gekauft. Leider haben Sie sie knapp verpasst."

„Danke", murmelte Jonas und verließ den Laden.

Einen Verlobungsring! Also doch! Er ballte die Faust in der Tasche. Wie konnte Chrissie ihm das antun? Wenige Stunden nachdem sie sich an ihn geschmiegt, ihn geküsst, die magischen Worte gesagt hatte?

Der Schwindel kehrte zurück, weshalb sich Jonas auf eine Bank setzte. Sie war zwar von Schnee befreit, aber eiskalt, was er allerdings nicht wahrnahm. Verzweifelt vergrub er das Gesicht in seinen Händen. Nur ein einziges Wort erfüllte seine Gedanken, es wurde übermächtig und ließ keinen Raum für Anderes: Warum?

Scheinheilig hatte Chrissie beim Tischdecken geholfen und wortlos Katjas Tiraden über ihren übermäßigen Frischluftbedarf ertragen. Schließlich schnitt Ingrid ihrer Jüngsten das Wort ab. Verständnislos musterte sie Chrissie.

„Es ist ja schön, dass du so gerne mit Jonas spazieren gehst, aber warum hast du ihn anschließend weggeschickt? Er hätte mit uns frühstücken können?"

„Ich war nicht mit Jonas unterwegs."

„Nicht?"

„Nein, ich ... Es war sehr spontan."

Zu ihrer Erleichterung sorgte die Türklingel in diesem Moment für Ablenkung.

„Erwartet jemand ein Paket?"

Hermann stand auf, um zu öffnen. Im Flur ertönte ein erstaunter Ausruf, dann hörte die Familie eine zweite männliche Stimme. Alle sahen sich verwundert an und Chrissie bemühte sich um eine ahnungslose Miene.

Zur Überraschung der Frühstücksrunde schob Hermann jemanden in den Raum. Meike sprang wie von der Tarantel gestochen auf und rannte um den Tisch.

„Nathan!"

Sie fiel ihrem Freund um den Hals.

Als Jonas endlich wieder einen halbwegs klaren Gedanken fassen konnte, suchte er ein Schreibwarengeschäft, kaufte einen Luftpolsterumschlag und steckte Chrissies Smartphone hinein. Anschließend klebte er ihn zu und fuhr zu den Buchers. Die Straße im Wohngebiet war wie meist menschenleer. Vor dem Haus stand ein Mittelklassewagen mit einem auswärtigen Kennzeichen.

Für den Bruchteil von Sekunden verspürte Jonas das Bedürfnis, Chrissie und diesen Kerl mit seiner Beobachtung zu konfrontieren, doch der Drang versiegte so schnell wie er gekommen war. Die aufkeimende Wut wandelte sich in eine bleierne Leere. Schweren Herzens ging Jonas zum Briefkasten der Familie und warf den Umschlag hinein. Danach stieg er, ohne sich umzudrehen, in sein Auto und fuhr nach Sonthofen.

Hannibal empfing ihn schwanzwedelnd und Jonas beschloss, eine kleine Runde mit ihm zu drehen, um einen freien Kopf zu bekommen. Aus der kleinen Runde wurde eine recht große und so fand Jonas bei seiner Rückkehr einen irritierten Markus vor, der in der Mittagspause nach Hause geeilt war, um dem Neufundländer Erleichterung zu verschaffen.

„Du bist schon zurück? Ich dachte, du würdest den Tag bei Chrissie verbringen. Wenn ich das gewusst hätte, wäre ich über Mittag in der Firma geblieben."

„Entschuldige. Ich hätte dir Bescheid sagen sollen. Daran habe ich nicht gedacht."

„Ist alles in Ordnung?"

„Ja, ja. Ich zieh mich um."

Ohne den Freund anzusehen, verschwand Jonas im Gästezimmer. Markus kannte ihn lange genug, um zu erkennen, wann es ihm schlecht ging, hatte aber keine Zeit nachzuhaken. Auf dem Rückweg zur Arbeit versuchte er erfolglos, sich einen Reim auf Jonas Verhalten zu machen.

Unterdessen hatte dieser bei seinen Nachrichten tropische Urlaubsgrüße seiner Mutter entdeckt. Braungebrannt winkte sie ihm vom Sonnendeck eines Ozeandampfers aus zu. Ein zweites Bild zeigte sie mit ihrem Ehemann bei einem Landgang unter Palmen. Jonas antwortete mit einem Daumen-hoch-Symbol und schaltete das Telefon danach vollständig aus. Genervt streckte er sich auf dem Bett aus. Er wollte einfach nur in Ruhe gelassen werden.

Einer jedoch akzeptierte diese Entscheidung nicht, wie Jonas schnell klar wurde, denn kurz darauf öffnete sich die Zimmertür und ein großer schwarzer Kopf erschien. Da Jonas nicht reagierte, näherte sich Hannibal vorsichtig und schob sich unter seinen herunterhängenden Arm. Genau neben dem Bett ließ sich der Neufundländer nieder und Jonas kraulte ihm das Fell.

Ein Ausspruch Arthur Schopenhauers kam ihm in den Sinn.

„Seitdem ich die Menschen kenne, liebe ich die Tiere. Da ist was dran, Hannibal. Auch wenn ich deine beiden Menschen ausnehme. Aber ansonsten …“

Der Hund schwieg und fühlte mit Jonas. Er war eine angenehme Gesellschaft und als sein zweibeiniger Freund endlich in einen tiefen Schlaf sank, blieb er an seiner Seite und rührte sich nicht.

13. Kapitel

Im allgemeinen Trubel von Nathans überraschender Ankunft vergaß selbst Chrissie kurzzeitig ihren Kummer über das vermisste Smartphone und die damit verbundene Schwierigkeit, sich mit Jonas in Verbindung zu setzen. Umso erstaunter war sie, als ihr Vater gegen Mittag mit einem unbeschrifteten Umschlag erschien.

„Weiß jemand, was das sein könnte?"

„Keine Ahnung. Mach ihn doch einfach auf", riet Katja.

Hermann riss an dem verstärkten Papier und zog einen Gegenstand heraus.

„Ein Handy? Was soll das bedeuten?"

Unsanft riss Chrissie es ihm aus der Hand.

„Ist es deins, Chrissie?"

„Es sieht so aus. Ich vermisse es seit gestern, dachte aber, es läge irgendwo im Wald."

„Du solltest wirklich besser auf deine Sachen achten", tadelte ihre Mutter. „Natürlich ist es gut, dass es wieder aufgetaucht ist, aber wie kommt es in unseren Briefkasten?"

„Keine Ahnung."

„Vielleicht hat Chrissie es vor dem Haus verloren und ein Nachbar hat es eingeworfen", mutmaßte Tante Rosie.

Ingrid schüttelte den Kopf.

„Das glaube ich nicht. Unsere Nachbarn hätten sicher geklingelt und nachgefragt. Vor dem Haus hätte es jeder verloren haben können – auch ein Passant."

„Das stimmt."

„Es ist zwar seltsam, aber da Chrissie es zurückbekommen hat, sollte sich niemand beschweren", befand Onkel Paul.

Da das Smartphone sich nicht einschalten ließ, ging Chrissie in ihr Zimmer, um den Akku aufzuladen. Sobald es möglich war, kontrollierte sie die Nachrichten und Anruflisten. So kam sie etwas zu spät in den Genuss von Nathans verzweifelten Botschaften und sah, dass Jonas am Vorabend etliche Male versucht hatte, sie anzurufen. Das verwunderte sie. Denn, wenn er es nicht gewesen war, der das Telefon gefunden hatte, wem war sein Wiederauffinden dann zu verdanken?

Schnell verwarf sie die Fragen und wählte Jonas Nummer. Leider teilte ihr eine freundliche, automatisierte Stimme mit, was sie nicht hören wollte. Er war vorübergehend nicht erreichbar. Möglicherweise saß er im Auto oder streifte mit Hannibal durch die Natur und hatte keinen Empfang. Chrissie beschloss, es später noch einmal zu probieren.

Ebenso wie ihr Mann, erkannte auch Lilly am Abend sofort, dass mit Jonas etwas nicht stimmte. Er hatte sich zwar aufgerafft und vor ihrer Rückkehr einen gemischten Salat vorbereitet, doch als sie in die Küche kam, verschwand er wortlos. Das war so gar nicht seine Art.

Beim Abendessen nagelte Markus den Freund schließlich fest.

„Was ist los mit dir, Jonas? Du hörst nicht richtig zu, hast den ganzen Nachmittag bei uns herumgehangen anstatt dich mit Chrissie zu treffen und bist in etwa so unterhaltsam wie ein Blatt Kopfsalat."

„Ich hatte keinen besonders guten Tag.“

„Darauf wäre ich nie im Leben gekommen. Hast du Chrissie das Handy gebracht?“

„Ja.“

„Was hat sie gesagt?“

„Nichts.“

„Nichts? Das sieht ihr gar nicht ähnlich.“

„Ich habe das Ding in den Briefkasten geworfen“, räumte Jonas ein.

„Wieso? War niemand zu Hause?“

„Keine Ahnung. Ich habe nicht geklingelt.“

Lilly und Markus wechselten einen bedeutungsvollen Blick.

„Gestern Abend hattest du geplant, ihr ein Geschenk zu kaufen und bei der Gelegenheit das Smartphone zurückzubringen. Verrätst du uns, was passiert ist?“

Es war unschwer zu erkennen, wie unwohl sich Jonas bei dem Gespräch fühlte. Trotzdem wollte er seinen besten Freund nicht belügen. Zumal Markus keine Ruhe geben würde, bis er die ganze Geschichte kannte.

Deshalb erzählte Jonas von den mysteriösen Nachrichten an Chrissie, wie er sie am Morgen verpasst und auf so unerfreuliche Weise in Oberstdorf wiedergesehen hatte.

Lilly sah ihn mitfühlend und zeitgleich zweifelnd an.

„Das passt nicht zu Chrissie. So ist sie nicht.“

Jonas kramte die Quittung des Verlobungsrings aus seiner Hosentasche hervor und gab sie ihr.

„Zuerst dachte ich dasselbe, aber dann habe ich das hier auf der Straße gefunden und bin zu dem Juwelier gegangen. Auf meine Beschreibung hin hat er mir bestätigt, dass Chrissie und dieser N.W. bei ihm einen Verlobungsring gekauft haben.“

Markus und seine Frau wirkten betroffen.

„Das alles macht keinen Sinn, Jonas. Chrissie ist in dich verliebt. Das erkennt sogar ein Blinder. Warum sollte sie sich urplötzlich mit einem anderen Mann verloben?“

„Woher soll ich das wissen? Ich hätte die Finger von ihr lassen sollen. Ohne dieses ganze gefühlsduselige Theater ist man eindeutig besser dran.“

„Du hättest klingeln und sie damit konfrontieren sollen. Dann wüsstest du jetzt, woran du bist.“

„Nicht nötig. Ich kann eins und eins zusammenzählen.“

Abweisend verschränkte Jonas die Arme vor der Brust und versank in düsteres Schweigen. Erst gegen Ende der Mahlzeit meldete er sich wieder zu Wort.

„Ich habe übrigens beschlossen, morgen früh abzureisen. In dem Zustand wäre ich keine gute Gesellschaft für euch.“

„Tu das bitte nicht“, widersprach Lilly. „Rede zuerst mit Chrissie. Da ist irgendetwas faul.“

„Nein!“

Entschlossen stand Jonas auf und begann abzuräumen.

Lilly beugte sich zu Markus hinüber.

„Das können wir nicht zulassen!“

„Ganz meine Meinung. Was schlägst du vor?“

„Überrede Jonas zu einem etwas längeren Abendspaziergang mit Hannibal. Ich schnappe mir derweil das Auto und fahre nach Oberstdorf.“

„Einverstanden. Oder besser: Fahr sofort los. Er ist im Gästezimmer verschwunden. Bei geschlossenem Fenster wird er den Motor gar nicht hören.“

Markus behielt Recht. Sein Freund registrierte weder das Verschwinden Lillys noch das fehlende Auto der beiden. Wortkarg und mit gesenktem Kopf marschierte er neben Markus und Hannibal durch die Dunkelheit.

In Oberstdorf hatte Chrissie beschlossen, nach Sonthofen zu fahren, da Jonas telefonisch nicht erreichbar war. Deshalb suchte sie im Internet die Adresse seiner Freunde und lieh sich das Auto ihrer Eltern.

Das Holzhaus lag dunkel und verlassen. Nirgends brannte Licht, niemand reagierte auf ihr nachdrückliches Klingeln. Nicht einmal Hannibal schlug an. Das Auto von Jonas parkte am Straßenrand, das von Markus und Lilly hingegen war nicht zu sehen. Die Kälte kroch an Chrissie hoch. Auch im Wagen war es ungemütlich. Ein erneuter Anruf unter Jonas Mobilnummer brachte kein Ergebnis. Frustriert kritzelte sie schließlich eine Nachricht auf einen Prospekt, der im Handschuhfach lag, und steckte ihn von außen gut sichtbar in den Briefkasten. Anschließend machte sie sich auf den Rückweg. Hoffentlich wurde ihre Botschaft bald entdeckt.

Derweil erreichte Lilly das Haus der Buchers. Fest entschlossen, den seltsamen Geschehnissen auf den Grund zu gehen, klingelte sie. Eine junge Frau, die eine verblüffende Ähnlichkeit mit Chrissie aufwies, öffnete.
„Hallo! Ist Chrissie zu sprechen?“
„Nein, leider nicht.“

Damit hatte Lilly nicht gerechnet. Sie überlegte kurz.

„Wann kann ich Chrissie erreichen?"

„Keine Ahnung. Sie wollte zu ihrem Freund."

Wohl eher zu ihrem Verlobten!, korrigierte Lilly in Gedanken. Das lief ja gar nicht wie geplant.

„Ach so", erwiderte sie lahm.

„Soll ich ihr etwas ausrichten?"

„Nein, danke. Obwohl ... vielleicht könnte sie mich anrufen? Das wäre nett."

Erfolglos kramte sie in ihrer Handtasche, weshalb Chrissies Schwester einen Block samt Kugelschreiber holte. Schnell kritzelte Lilly ihre Festnetz- und Mobilnummer darauf und schrieb ‚Bitte ruf mich an. Vielen Dank! Lilly' darunter. Der Block wanderte zurück.

„Tschüss und danke."

„Moment! Warte! Du bist Lilly? Die Lilly aus Sonthofen?"

„Ja."

„Die Freundin von Jonas?"

„Die Frau seines besten Freundes."

„Ich bin Katja, Chrissies jüngere Schwester. Aber ich verstehe ehrlich gesagt nicht, warum du gekommen bist. Chrissie ist vor einer Viertelstunde zu euch gefahren."

„Ach wirklich? Das ist ja super. Ich muss sie knapp verpasst haben."

Lilly wandte sich ab, stockte und drehte sich wieder um.

„Entschuldige. Sagtest du nicht, Chrissie sei zu ihrem Freund gefahren?"

„Exakt. Zu Jonas."

„Jetzt verstehe ich gar nichts mehr."

„Wieso? Hat er euch nicht erzählt, dass er und Chrissie ...?"

„Das war unübersehbar. Aber er behauptet steif und fest, sie mit einem anderen gesehen zu haben."

„Wen? Meine Schwester? Wie kommt er denn auf die bescheuerte Idee? Mit zwei Männern wäre die total überfordert."

„Er hat sie heute Morgen zusammen in der Stadt gesehen."

„Chrissie? Mit wem?"

„Keine Ahnung. Es war so ein blonder, schlanker Mann dabei und ..."

Lilly biss sich auf die Lippen. Sie lehnte sich gerade ziemlich weit aus dem Fenster. Soweit sie wusste, herrschte bei Katja und Chrissie keineswegs immer eitel Sonnenschein. Durfte sie ihr das alles überhaupt erzählen? Jonas würde sie steinigen, wenn er wüsste, was sie gerade tat. Chrissie wäre vermutlich ebenfalls ziemlich sauer.

„Was und?", bohrte Katja energisch nach.

„Weißt du was? Vergiss es einfach. Ich habe schon viel zu viel gesagt. Wenn Chrissie vorhin zu Jonas gefahren ist, wird wohl alles in Ordnung sein. Ich mache mich besser wieder auf die Socken."

„Okay."

„Danke für deine Hilfe."

„Ciao, Lilly."

Kopfschüttelnd schloss Katja die Tür.

Die beiden Männer und Hannibal erreichten das Haus noch vor Lilly. Verärgert zog Markus einen Prospekt aus dem Briefkasten und warf ihn achtlos in die Papiertonne.

„Ich weiß wirklich nicht, was an dem Aufkleber ‚Bitte keine Werbung einwerfen‘ so schwer zu verstehen ist!“

Jonas hörte kaum zu. Es war der schweigsamste Spaziergang gewesen, den sie jemals unternommen hatten.

„Ich gehe packen.“

„Das kannst du nicht machen. Du musst wenigstens mit ihr reden.“

„Da gibt es nichts mehr zu reden.“

Geräuschvoll schloss sich die Tür des Gästezimmers. Markus seufzte theatralisch auf.

„So ein Dickkopf!“

Nachdenklich tätschelte er Hannibal, der ihn mit einem treuen Hundeblick ansah und zustimmend hechelte.

„Hallo Schatz!“

„Lilly! Hast du etwas erreicht?“

„Wo sind Jonas und Chrissie?“

„Chrissie? Mit der wolltest du doch sprechen.“

„Ich habe sie verpasst. Sie war kurz zuvor hierhergefahren. Ist sie nicht da?“

„Also wenn sie sich nicht unterm Sofa versteckt hat …“

„Du machst Witze.“

„Sehe ich so aus?“

„Nein. Gar nicht. Und wo ist Jonas?“

„Der packt!“

„Das darf nicht wahr sein.“

„Ist es aber.“

„Das Ganze ergibt überhaupt keinen Sinn. Katja war sich sicher, dass Chrissie zu Jonas gefahren ist.“

„Vielleicht hat sie ihre Familie angelogen und trifft sich heimlich mit ihrem Verlobten?"

„Jetzt fängst du auch noch an. Was ist eigentlich los?"

Betroffen ließ sich Lilly aufs Sofa sinken. Markus nahm sie in den Arm.

„Lass uns in Ruhe nachdenken. Es gibt zwei Möglichkeiten. Entweder Chrissie spielt ein doppeltes Spiel ..."

„Glaube ich nicht!"

„... oder sie war tatsächlich hier, nur wir leider nicht."

Lilly fuhr entsetzt in die Höhe.

„Stimmt! Es war niemand zuhause."

„Vielleicht hat sie Jonas eine Nachricht hinterlassen", überlegte Markus. Er stand auf und kontrollierte den Briefkasten.

„Nichts. Der ist leer."

„Mist. Ich verstehe das alles nicht."

„So, fertig. Ich hoffe, ich verderbe euch nicht die gute Laune."

Mit einem gequälten Lächeln nahm Jonas auf dem Sofa Platz.

„Hör mal, wegen Chrissie ..."

„Das Thema ist durch, Markus."

„Ich finde, du solltest es sie wenigstens erklären lassen."

„Ich habe das Gezeter meiner Eltern noch im Ohr. Jahrelang dieses Drama. Das will ich nicht. Nie wieder! Lasst uns eine Runde Catan spielen oder Andor oder was ihr wollt. Aber bitte hört damit auf."

14. Kapitel

„Katja, spielst du heute Abend mit?“, erkundigte sich Hermann.

Tante Rosie zupfte herausfordernd am Ärmel ihrer Nichte.

„Komm schon! Chrissie ist zu Jonas gefahren und wir wollen Meike und Nathan nicht stören. Sie sind so ein reizendes Paar und haben sich wochenlang nicht gesehen, die Ärmsten.“

„Alles, was nicht tötet, härtet ab“, verkündete Onkel Paul vollmundig aus den Tiefen seines Sessels.

„Also wirklich, Paul! Das mag beim Militär gelten, aber doch nicht in der Liebe.“

„Papperlapapp. Immer dieses emotionale Gewäsch. Die haben ihr ganzes Leben noch vor sich.“

„Es wäre wirklich schön, wenn sie heiraten würden“, stimmte seine Frau zu. „Was meinst du, Ingrid?“

„Das hoffe ich auch.“

„Soll ich jetzt mitspielen oder wollt ihr den ganzen Abend über das Liebesleben meiner Schwestern diskutieren?“

„Natürlich nicht. Setz dich, meine Kleine.“

Gerade als Ingrid das zweite Spiel in Folge gewann, schlüpfte Chrissie unbemerkt ins Haus. Leise stieg sie die Treppe hinauf. Im Wohnzimmer ging es hoch her und sie hatte wenig Lust auf Gesellschaft – und noch weniger auf neugierige Fragen. Stattdessen legte sie sich aufs Bett und wartete. Den Prospekt konnte man unmöglich übersehen, wenn jemand die Auffahrt hinaufging. Daher würde sich Jonas jeden Moment melden. Dessen war sie sich sicher.

Am späteren Abend versammelte sich die ältere Generation vor dem Fernseher, um das Neueste aus aller Welt zu erfahren. Katja ging daraufhin hinaus. Im Flur entdeckte sie die Autoschlüssel ihrer Eltern. Verwundert klopfte sie an Chrissies Tür.
„Herein.“
Chrissie lag noch immer auf dem Bett.
„Hi! Wann bist du zurückgekommen?“
„Vor zwei Stunden.“
„So schnell? Wieso das?“
„Jonas war nicht da und die anderen auch nicht. Ich habe eine Nachricht in den Briefkasten gesteckt und warte auf seinen Anruf. Das Handy ist seit heute Morgen aus. Ich kann ihn einfach nicht erreichen.“
„Das ist ja seltsam.“
Katja dachte an das Gespräch mit Lilly und überlegte, ob sie Chrissie davon erzählen sollte. Sie entschied sich dagegen. Lieber fühlte sie ihrer Schwester erst einmal auf den Zahn.
„Mit wem warst du eigentlich heute Morgen unterwegs?“
„Wieso?“
„Du hast Mama erzählt, Jonas sei nicht bei dir gewesen. Aber jemand anderes war es, oder? Ein Mann?“
„Bist du unter die Hellseher gegangen?“
„Nö! Das hat mir ein Vögelchen gezwitschert.“
„Wie bitte?“

„War nur so ein Spruch. Wer ist es? Du musst mir alles erzählen! Ich hatte keinen Schimmer, was für eine ruchlose Person du bist! Den armen Jonas derart hinters Licht zu führen."

„Du spinnst wohl! Es gibt nichts zu erzählen", wehrte Chrissie ab. „Und ich führe auch niemanden hinters Licht. Wie kommst du bloß darauf?"

Katja ignorierte die Frage und ließ sich neben ihre Schwester plumpsen.

„Ich will alles wissen. Jedes noch so schmutzige Detail!"

„Jetzt hör schon auf!"

„Ich gehe hier nicht weg, bis du mir die ganze Geschichte erzählt hast."

Chrissie stöhnte genervt.

„Habe ich irgendeine Chance, dich loszuwerden?"

„Nö!"

„Na, gut. Aber zuerst musst du schwören, niemandem ein Sterbenswort zu erzählen. Hörst du? Niemandem!"

„Wie aufregend! Ich werde schweigen wie ein Grab."

„Ich war mit Nathan unterwegs. Wir haben einen Verlobungsring gekauft."

„Du hintergehst unsere Schwester mit ihrem Freund? Das ist ja ekelhaft! So etwas hätte ich dir gar nicht zugetraut!"

„Natürlich nicht, du dumme Nuss! Nathan hat mich gebeten, mit ihm zusammen einen Ring für Meike zu kaufen. Er will ihr morgen Abend einen Antrag machen."

„Ach so! Sag das doch gleich. Für einen Moment dachte ich, du hättest es mal so richtig krachen lassen.

Natürlich passt diese langweilige Erklärung viel besser zu dir."

„Falls das ein Kompliment sein sollte, hast du es sehr gut versteckt."

„Ich bin eben charmant."

„Geht so. Vergiss nicht, was du mir versprochen hast, du Charmebolzen."

„Großes Indianerehrenwort!"

Katja gab vor, ihren Mund zu verschließen und den unsichtbaren Schlüssel hinter sich zu werfen. Nachdenklich verließ sie den Raum. Im halbdunklen Treppenhaus setzte sie sich auf eine Stufe und überlegte.

In Sonthofen knisterte das Kaminfeuer und schickte ein warmes flackerndes Licht bis in die letzten Ecken des Raumes. Jonas führte haushoch. Seine Spielfarbe dominierte das gesamte Feld, obwohl er nur halbherzig bei der Sache war. Wenig überraschend beendete er schließlich das Spiel.

„Herzlichen Glückwunsch. Du hast uns gar keine Chance gelassen."

„Wie heißt es so schön: Glück im Spiel, Pech in der Liebe."

Schweigend begannen sie aufzuräumen, als plötzlich das Telefon klingelte.

„So spät?"

Lilly sah erstaunt auf. Sie meldete sich, legte die Stirn in Falten und sagte: „Ach, hallo! Das ist ja eine Überraschung."

Mitsamt dem Telefon verschwand sie im Schlafzimmer.

„Jetzt bin ich allein. Mit deinem Anruf habe ich nicht gerechnet, Katja."

„Ich hatte eigentlich gar nicht vor, dich anzurufen … Aber egal. Chrissie ist völlig fertig, weil sie bei euch niemanden angetroffen hat und Jonas sich nicht meldet."

„Tut mir leid, sie hat ihn genau verpasst. Die Männer waren mit Hannibal unterwegs, während ich in Oberstdorf war."

„Sie sagt, sie habe eine Nachricht für Jonas hinterlassen. Im Briefkasten."

„Das ist merkwürdig. Markus hat nachgeschaut, aber nichts gefunden. Wahrscheinlich hätte Jonas sie allerdings sowieso nicht gelesen. Er ist total enttäuscht von Chrissie und will morgen abreisen."

„Das darf er nicht, denn ich habe einen Verdacht: Wahrscheinlich ist das alles bloß ein riesengroßes Missverständnis. Du musst dafür sorgen, dass er mit Chrissie spricht. Sie ist am Boden zerstört."

„Ein Missverständnis?"

„Ja. Hör zu, was ich herausgefunden habe …"

Nach dem Telefonat kehrte Lilly ins Wohnzimmer zurück. Jonas war bereits schlafen gegangen. Müde setzte sie sich zu Markus aufs Sofa.

„Wann will er morgen los?"

„Gegen neun. Er hat mir versprochen, vorher mit uns zu frühstücken."

„Gut."

„Ich wüsste nicht, was an alledem gut sein soll."

„Neun Uhr klingt nicht schlecht. Aber wir werden ihn ein bisschen aufhalten müssen. Vor halb zehn darf er nicht aufbrechen. Das ist wichtig."

„Was hast du vor?“

„Ich plane, ein Missverständnis aus der Welt zu räumen.“

„Ich verstehe nur Bahnhof. Wer hat übrigens so spät angerufen? War es Chrissie?“

„Nein. Es war Katja. Sie sagt, es sei eine Nachricht von Chrissie im Briefkasten gewesen.“

„Unmöglich. Der war leer.“

„Du musst etwas übersehen haben.“

Stirnrunzelnd betrachtete Markus seine Frau.

„Als wir vorhin zurückkamen, steckte ein Prospekt im Kasten. Ich habe mich darüber geärgert und es in die Papiertonne geworfen.“

„Du, Idiot!“

Lilly rannte hinaus.

„Das ist es! Sie hat eine Nachricht auf den Rand geschrieben.“

„Das konnte doch niemand ahnen.“

„Ich hatte es dir aber gesagt.“

„Es war bloß eine dämliche Werbung! Zumindest sah es so aus.“

„Ich stimme mit Katja überein. Ab sofort werden wir Frauen uns der Sache annehmen.“

„Du sprichst in Rätseln.“

„Keine Sorge. Wir haben alles unter Kontrolle. Du bekommst zwei Aufgaben. Erstens musst du diese Nachricht im Gästezimmer platzieren. Jonas darf sie morgen früh nicht übersehen. Und zweitens wirst du ihn irgendwie aufhalten, damit er um halb zehn noch hier ist.“

„Wenn du das sagst ...“

15. Kapitel

Gegen neun Uhr am Silvestermorgen steckte Meike ihren Kopf durch die Küchentür, wo ihre Mutter mit Tante Rosie und Chrissie das Frühstück vorbereitete.

„Hat jemand Nathan gesehen?"

„Guten Morgen, Kleines. Wenn du nicht weißt, wo er steckt, woher sollen wir es wissen?"

„Das ist äußerst seltsam. Sein Auto ist auch verschwunden."

Meike runzelte die Stirn.

In Chrissie keimte der Verdacht auf, dass Nathan noch einmal in die Stadt gefahren war. Vielleicht wollte er Blumen besorgen. Vorsichtshalber sagte sie nichts.

„Guten Morgen, allerseits!"

„Guten Morgen, Onkel Paul. Hast du Nathan gesehen?"

„Der ist losgefahren, um mir eine Zeitung zu besorgen."

„Eine Zeitung? Aber du hast schon eine in der Hand."

„Ich möchte eine andere und er war so nett, mir anzubieten, eine zu kaufen."

„Warum weiß ich nichts davon? Es ist ganz untypisch für Nathan, zu verschwinden, ohne Bescheid zu geben."

„Katja ist mit ihm gefahren. Sie wollten zum Bäcker", erklärte Onkel Paul.

Fassungslos sah Chrissie ihren Onkel an.

„Katja ist auch weg? Um die Uhrzeit? Bist du sicher, dass du von meiner Schwester sprichst?"

Ingrid drehte sich entsetzt um.

„Sie wollte zum Bäcker? Hermann hat längst Brötchen geholt."

„Vielleicht kauft sie Brot."

„Wir brauchen auch kein Brot!"

„Oder sie besorgt Krapfen für heute Abend", mutmaßte Tante Rosie. „Das sollten wir allerdings wissen, weil ich dann keinen Kuchen mehr backen werde."

„Wir brauchen sowieso keinen Kuchen, Rosie. Heute Abend gibt es Raclette. Wer soll das alles essen?"

„Nun reg dich nicht auf, Ingrid. Zur Not frieren wir etwas ein", beschwichtigte Hermann.

„Ich rege mich aber auf, wenn jeder macht, was er will. Backwaren kaufen, obwohl genug zu essen vorhanden ist, Zeitungen organisieren, obgleich wir jeden Tag eine bekommen. Ständig verschwinden alle direkt vorm Frühstück und niemand weiß wohin und wie lange!"

Chrissie stimmte zu: „Wenn Katja in den Ferien freiwillig so früh aufsteht, ist das äußerst verdächtig."

„So ein Unsinn. Das Mädchen weiß, was sie tut. Sie ist doch sehr vernünftig."

„Ich traue meinen Ohren nicht. Kannst du das bitte wiederholen, Onkel Paul?"

„Du hast mich schon verstanden. Jetzt lasst uns endlich frühstücken."

„Seit wann setzt du dich so vehement für Katja ein?"

„Das würde mich auch brennend interessieren."

Onkel Paul übersah die misstrauischen Blicke seiner beiden Nichten geflissentlich.

„Gibt es heute keinen Kaffee, Ingrid?"

In Sonthofen lud Jonas um kurz nach neun sein Gepäck in den Kofferraum. Dabei wurde ihm schmerzlich bewusst, wieviel Platz er an diesem Morgen verglichen mit der Hinfahrt hatte, um seine Siebensachen zu verstauen. Energisch schob er den Gedanken beiseite, da er unweigerlich zu Chrissie führte.

„Es ist noch nicht halb zehn. Du musst ihn aufhalten!", flüsterte Lilly Markus ins Ohr.

„Was soll ich tun? Ihn festbinden?"

„Wenn es sein muss."

Lilly überlegte fieberhaft, wie sie Zeit schinden konnte.

„Was ist mit Chrissies Nachricht? Hat er sie gelesen?"

„Ich weiß nicht."

„Oh, Mann. Du bist mir vielleicht eine Hilfe!"

Langsam näherte sich ein Auto. Vor dem Nachbarhaus hielt es an, ein junger Mann stieg aus und sah sich suchend um. Jonas schaute auf. Er erkannte den Mittelklassewagen samt dem Fahrer. Es war der mysteriöse N.W.! Wut kochte in ihm hoch. Der Kerl kam ihm gerade Recht. Der konnte was erleben! Was bildete er sich überhaupt ein, sich hier blicken zu lassen.

Zu Jonas Überraschung schälte sich Katja aus der Beifahrerseite, verschwand jedoch umgehend wieder aus seinem Blickfeld, als Hannibal in ihre Richtung trottete.

„Jonas?", fragte Chrissies Lover vorsichtig.

„Für Sie, Herr Schuster!", spie ihm dieser entgegen. „Reicht es nicht, dass Sie Chrissie um den Finger gewickelt haben? Müssen Sie nun auch noch mit ihrer Schwester um die Häuser ziehen?"

„Katja hat mich gebeten, mit Ihnen zu reden."

„Ach wirklich? Ich habe Ihnen aber nichts zu sagen!"

Wutentbrannt drehte sich Jonas weg, um ins Haus zu stürmen. Ein weiteres Wort von diesem Kerl und er konnte für nichts mehr garantieren. Im Türrahmen wurde er jedoch hart ausgebremst, denn Lilly stellte sich ihm in den Weg.

„Du solltest ihm zuhören, Jonas."

„Ich denke ja gar nicht daran."

Markus trat neben Lilly.

„Obwohl ich keine Ahnung habe, was hier genau läuft, bitte ich dich, Lillys Rat zu folgen."

„Das schimpft sich also Freund!"

„Bitte! Nur eine Minute!", ertönte die Stimme des Fremden in seinem Rücken. „Hier liegt wohl ein Missverständnis vor. Ich bin weder Katjas Freund noch Chrissies. Ich bin …"

„Ihr Verlobter? Das weiß ich bereits. Es war unnötig, deshalb her zu kommen. Ich werde mich Ihnen sicher nicht in den Weg stellen."

Der Mann nahm Jonas Verhalten gelassen.

„Wie es scheint, stehen Sie sich eher selbst im Weg. Ich bin mit niemandem verlobt. Zumindest noch nicht. Allerdings hoffe ich sehr, dass Meike meinen Antrag nachher annehmen wird."

Jonas wirbelte herum. Perplex starrte er den Fremden an, der erneut das Wort ergriff.

„Mein Name ist Nathan Werner und ich bin Meikes Freund."

„Der Arzt, der erst heute ankommen wollte?"

„Der Arzt, der seinen Besuch für heute angekündigt hat, aber schon einen Tag früher kam, um seine zukünftige Schwägerin Chrissie um den Gefallen zu bitten, gemeinsam einen Ring auszusuchen."

Jonas rang um Fassung.

„Sie haben vor Chrissie gekniet und ihr den Ring an den Finger gesteckt."

Obwohl Jonas verunsichert schien, war der Vorwurf in seiner Stimme unüberhörbar.

Nathan schnitt eine Grimasse.

„Das stimmt und es war eine blöde Idee. Ich hatte sie gebeten, den Antrag einmal mit mir durchzuspielen. Es ist mein erster Heiratsantrag und hoffentlich der einzige. Ich bin nämlich höllisch nervös."

„Warum ist Ihnen Chrissie anschließend um den Hals gefallen, wenn sie kein Paar sind?"

„Wir mussten beide lachen. Im Grunde war das Ganze ziemlich grotesk und falls ich geahnt hätte, dass wir einen Zuschauer haben, hätte ich mich sicher nicht in aller Öffentlichkeit zum Narren gemacht."

Nathans Gesicht sprach Bände.

Hannibal hatte den Versuch, mit Katja in Kontakt zu treten, aufgegeben und schnupperte nun an den Beinen des jungen Arztes. Dieser streichelte ihm gedankenverloren über den massigen Kopf, was der Neufundländer offenbar genoss, denn er rührte sich nicht von der Stelle.

Vorsichtig verließ Katja die schützende Karosserie. Ihre Worte klangen weitaus weniger zaghaft.

„Ich hoffe, du willst nicht wirklich abreisen, Jonas! Das kannst du Chrissie nicht antun, nachdem sich schon ihr letzter Freund aufgeführt hat wie der größte Vollidiot des ganzen verdammten Universums!"

Langsam sickerten Nathans und Katjas Worte in Jonas Bewusstsein. Sobald ihm die komplette Tragweite des Missverständnisses klar wurde, schlug er sich entsetzt mit der flachen Hand vor die Stirn.

„Ich Trottel!"

„Stimmt."

„Ich Hornochse! Und Chrissie denkt, ich bin wie vom Erdboden verschluckt oder ein Mistkerl, der sich nicht mehr meldet."

„Was soll sie auch sonst denken?"

Katja schien nicht gewillt, Jonas einfach davonkommen zulassen, nur Lilly hatte Mitleid mit ihm.

„Ihr kennt euch schließlich erst seit einer Woche. Und du bist aufgrund deiner Eltern sehr vorsichtig. Jeder andere hätte vermutlich genauso reagiert."

„Moment. Ihr kennt euch erst seit einer Woche? Das war ... Heiligabend. Vor sieben Tagen war Heiligabend! Ich glaub es nicht. Was für eine Komödie habt ihr uns tagelang vorgespielt?"

Empört stemmte Katja die Hände in die Seiten. Nathan sah interessiert von einem zum anderen. Er war erleichtert, aus dem Zentrum des Interesses gerückt zu sein. Fasziniert betrachtete er Katja, die aussah wie ein angriffslustiger Stier.

Trotz aller Verzweiflung über die Situation und sein eigenes Verhalten, konnte sich Jonas angesichts ihrer vorwurfsvollen Miene ein Grinsen nicht verkneifen. Das war genau die Katja, die Chrissie ihm beschrieben hatte.

„Tja, liebe Katja, an Heiligabend war ich tatsächlich nur das Taxi."

„Ich hatte also Recht. Hinterhältiges Volk!"

Beschwichtigend griff Nathan ein.

„Apropos ‚hinterhältig‘. Wenn unsere Mission hier beendet ist, sollten wir dringend zurück. Ich habe Meike nicht erzählen können, wohin wir gehen, weil sonst die Sache mit dem Ring aufgeflogen wäre. Sie wird sich wundern, wo ich stecke. Und du hast Onkel Paul schwören lassen, uns vor der Familie zu decken, damit Chrissie nichts erfährt."

„Weiß Chrissie nicht, wo ihr seid?"

„Sie hat keine Ahnung – weder von unserem Treffen noch warum du dich nicht meldest. Höre auf die Worte einer weisen Frau und bring das schnellstens in Ordnung!"

„Weise Frau? Da lachen ja die Hühner." Jonas wurde ernst.

„Ich verspreche hoch und heilig, im Laufe des Tages nach Oberstdorf zu kommen, aber zuerst muss ich nachdenken."

„Lass dir nicht allzu viel Zeit, sonst erzähle ich Chrissie, was für ein eifersüchtiger Typ du bist."

Katja eilte zum Auto, da Hannibal ihr den Kopf zudrehte. Nathan schickte sich ebenfalls an zu gehen.

„Viel Erfolg, Herr Schuster."

„Jonas. Sag bitte Jonas! Oh, Mann. Bin ich ein Idiot!"

Peinlich berührt streckte er Nathan die Rechte entgegen und dieser schlug ein.

„Also dann, viel Erfolg, Jonas. Und euch vielen Dank für die Unterstützung. Sonst hätte dieser Sturkopf mir gar nicht zugehört." Nathan winkte in Richtung von Lilly und Markus.

„Komm jetzt, Katja. Ich habe deinem Onkel eine Zeitung versprochen und du musst noch zum Bäcker."

„Was soll ich beim Bäcker? Wir haben genug Brot zuhause."

„Du hast Onkel Paul ausrichten lassen, du seist mit mir zum Bäcker gefahren. Willst du deine Geheimmission gefährden, indem du mit leeren Händen heimkehrst?"

„Mist. Habe ich das wirklich gesagt? Paps hat bestimmt längst Brötchen geholt. Naja, es ist Silvester. Ich könnte Krapfen kaufen. Wie viele Leute werden wir heute Abend eigentlich sein?"

„Wenn Jonas sein Versprechen hält, solltest du mindestens neun kaufen."

„Ich hole besser ein paar mehr. Wer weiß, ob Lilly und Markus nicht auch noch aufkreuzen ..."

16. Kapitel

Während Katja und Nathan zwei Tageszeitungen, eine riesige Tüte mit Hefeteiggebäck und spontan eine einzelne rote Rose kauften, packte Jonas sein Gepäck wieder aus.

Beim Hineintragen versuchte Markus vergeblich, eine unverfängliche Miene zur Schau zu tragen.

„Nun sag schon endlich, dass ich ein Depp bin.“

„So etwas würde ich nicht einmal denken.“

„Lügner!“

„Na gut. Du hast Recht. Lilly und ich hatten dich mehrfach gebeten, mit Chrissie zu sprechen. Erinnerst du dich?“

„Natürlich.“

„Aber du warst so stur ...“

„Du hast Recht, ich war stur und gekränkt.“

„Bitte vergiss nicht zu erwähnen, wie eifersüchtig du warst – völlig grundlos wohlgemerkt – und absolut resistent gegen die wertvollen Ratschläge deiner besten Freunde.“

„Streu ruhig Salz in meine Wunden.“

„Mache ich gern. Da du allerdings endlich einsichtig bist, schlage ich vor, wir setzen uns bei einem schönen starken Kaffee mit Lilly an den Tisch und beraten, was zu tun ist, um den Schlamassel gerade zu biegen.“

„Die Meinung von zwei Experten kann sicher nicht schaden.“

„Und die einer Frau sowieso nicht“, fügte Lilly hinzu. „Ich habe übrigens Katjas Nummer. Falls wir Hilfe brauchen, können wir sie anrufen. Ihr Onkel und Nathan sind ebenfalls eingeweiht. Meike und Chrissie dürfen natürlich nichts erfahren."

Jonas verbarg sein Gesicht hinter beiden Händen.

„Eine ganze Handvoll Menschen ist also darüber informiert, wie blöd ich mich verhalten habe. Ist ja großartig."

„Mach dir keine falsche Hoffnung: Die übrigen werden es auch erfahren, aber da musst du durch, wenn du Chrissie zurückgewinnen willst", stellte Markus trocken fest.

In Oberstdorf platzten Katja und Nathan, nachdem sie die Rose versteckt hatten, mitten ins Familienfrühstück. Sechs Augenpaare richteten sich fragend auf sie.

„Guten Morgen", sagte Katja würdevoll. „Entschuldigt die Verspätung. Ich dachte, es wäre nett, heute Abend ein paar Krapfen zu essen."

„Habe ich es nicht gesagt!", triumphierte Tante Rosie.

„Warum hast du mir nicht Bescheid gegeben? Ich war sowieso vorhin beim Bäcker."

„Es war eine ganz spontane Idee, Paps."

„Typisch, meine jüngste Tochter. Immer mit dem Kopf durch die Wand und jeder Eingebung folgend."

„Ich weiß nicht, worüber ihr euch beschwert. Ist es nicht großartig, wenn die Jugend hilfsbereit ist und mitdenkt?"

Wohlwollend nickte Onkel Paul Katja und Nathan zu.

„Vielen Dank für das Lob. Hier sind deine Zeitungen, Paul."

„Danke, mein Junge. Das ist sehr liebenswürdig. Ich werde mich gleich nach dem Frühstück damit in den Sessel setzen.“

Während Hermann und Tante Rosie sich mit der abgegebenen Erklärung zufriedengaben, hakte Ingrid ein weiteres Mal nach.

„Ihr habt ganz schön lange gebraucht für den kleinen Einkauf.“

„Ach, Mama, du weißt doch, was an Feiertagen los ist. Es war die Hölle!“

„Dann wundert es mich, dass du noch so viele Krapfen bekommen hast. Wie viele sind es eigentlich? Das können unmöglich nur acht sein.“

„Es sind zwölf. Man weiß ja nie, ob jemand Lust auf einen zweiten hat.“

„Zwölf? Um Himmels Willen. Du willst nach dem Raclette ein ganzes Dutzend von den mächtigen Dingern verteilen? Wir werden alle platzen, das sage ich euch.“

Die beiden Nachzügler setzten sich und Nathan musste einen langen, forschenden Blick von Meike aushalten, den er wegzulächeln versuchte.

Auch Chrissie kam der spontane Ausflug äußerst verdächtig vor, doch sie schwieg, während Onkel Paul zur allseitigen Verwunderung eine Lobrede auf seine jüngste Nichte hielt.

„Wusstest du, dass er Katjas Tugenden so schätzt?“, wisperte Meike Chrissie ungläubig zu.

„Ich hatte keine Ahnung!“

Um dem Ganzen die Krone aufzusetzen, schlug Onkel Paul gegen Mittag zur Überraschung aller einen langen Spaziergang vor.

„Hast du die Zeitungen schon komplett gelesen?", erkundigte sich Tante Rosie verwundert.

„Ach, die laufen ja nicht weg."

„Irgendwas ist hier im Busch."

Argwöhnisch kniff Chrissie die Augen zusammen.

Meike nickte.

„Es riecht förmlich nach einem Komplott."

Trotz ihres Misstrauens willigten beide in den Spaziergang ein, zumal nicht nur Onkel Paul, sondern auch Nathan große Lust auf Frischlust zu verspüren schien.

Lediglich Katja war nicht zu überzeugen, was aber bei niemandem Misstrauen weckte und so zogen sie schließlich zu siebt los. Eine halbe Stunde später wollte Hermann den Rückweg einläuten, wurde jedoch von Onkel Paul zu einer längeren Runde überredet, deren Verlauf sich wiederum deutlich verzögerte, weil Nathan auf eine endlose Zahl von Gruppenfotos und Selfies vor der idyllischen Winterlandschaft bestand.

„Seit wann bist du eigentlich so heiß auf Familienfotos?", wunderte sich Meike.

„Schau doch mal, was für eine schöne Kulisse das ist und wie die Sonne scheint."

„Aha und was machen wir hinterher mit den ganzen Bildern?"

„Wir sortieren aus. Du weißt doch, wie das bei so vielen Leuten ist! Einer hat immer die Augen zu", erklärte Nathan.

„Da hat er Recht", ließ sich Onkel Paul vernehmen. „Und nun machen wir ein paar schöne Fotos von unserem jungen Paar, nicht wahr?"

Chrissie seufzte abgrundtief. Zu gerne hätte sie Jonas bei sich gehabt oder zumindest am Telefon mit ihm gesprochen. Stattdessen musste sie nun mitansehen, wie Nathan den Arm um Meike legte und die beiden in die Kamera strahlten. Obwohl sie ihnen ihr Glück von Herzen gönnte, war es doch ein bitterer Moment.

Im Gegensatz zu der Annahme ihrer Familie, war Katja in der Zwischenzeit keineswegs untätig gewesen. Zuerst hatte sie der Sonthofener Fraktion grünes Licht gegeben und anschließend hinter dem Haus damit begonnen, eine Schneekugel zu rollen. Nun stand sie ratlos unterhalb des Balkons.

„Muss es unbedingt dort oben sein?", murmelte sie.

Zu ihrer Erleichterung hielt kurz darauf ein Auto vor dem Grundstück und Lilly, Markus und Jonas stürmten heran.

„Hallo Katja. Entwarnung. Wir haben Hannibal zuhause gelassen", rief Lilly gutgelaunt. „Er wäre uns sicher keine Hilfe gewesen."

„Was für ein Glück!"

Jonas übernahm die vorgefertigte Kugel und vergrößerte sie, tatkräftig unterstützt von Markus und Lilly, die zeitgleich eine zweite und dritte formten.

„Ihr dürft auf keinen Fall Schnee von vorne nehmen. Das würden die anderen sehen, sobald sie heimkommen."

„Wie viel Zeit haben wir?"

„Mindestens eine Stunde. Ich habe Onkel Paul und Nathan eingeschärft, zwei Stunden unterwegs zu sein."

„Gut. Danke für deine Hilfe."

Jonas lächelte Katja dankbar an.

„Zeigst du mir den Balkon?“, bat Markus. Er hielt einen Jutesack und Seile in der Hand.

„Komm mit. Ich bin gespannt, wie ihr das bewerkstelligen wollt.“

Eine Viertelstunde nachdem Jonas und seine Freunde verschwunden waren, kehrte die Siebenergruppe erschöpft und durchgefroren heim.

„Also ich weiß nicht, ob das so eine gute Idee war, Paul. Ich bin ziemlich müde. Und heute ist doch Silvester!“

Tante Rosie sah nicht allzu glücklich aus, was sich allerdings schlagartig änderte, weil sie im Esszimmer Thermoskannen und Weihnachtsgebäck erblickte.

„Hallo! Da seid ihr ja. Ich habe euch Tee und Kaffee gekocht. Ihr könnt bestimmt etwas Heißes vertragen. Immerhin wart ihr ganz schön lange weg.“

Strahlend empfing Katja die Heimkehrer und lotste alle zum Esstisch.

„Das ist wirklich sehr aufmerksam von dir, mein Schatz.“

Erstaunt musterte Ingrid ihre Jüngste.

„Genau, was wir jetzt brauchen.“

Onkel Paul rieb sich die Hände und blinzelte Katja verschwörerisch zu.

„Und falls ihr euch ein bisschen hinlegen wollt, habe ich die Schlafzimmer abgedunkelt.“

„Das ist wirklich reizend von dir, aber wir haben keine Zeit uns hinzulegen. Wir müssen das Raclette richten“, widersprach Tante Rosie.

„Keine Sorge. Damit habe ich schon angefangen und werde alles vorbereiten, während ihr euch ausruht.“

„Geht es dir gut?", erkundigte sich Meike irritiert.

„Ich würde eher sagen, wer bist du und was hast du mit Katja gemacht?"

Äußerst misstrauisch taxierte Chrissie ihre jüngere Schwester vom Scheitel bis zur Sohle.

„Nun lasst das Mädchen doch! Sie möchte uns eine Freude machen. Und du bist wirklich ein bisschen blass um die Nase, Chrissie. Du solltest dich auf jeden Fall hinlegen", empfahl Onkel Paul.

„Ich hätte nach dem langen Spaziergang ebenfalls nichts gegen eine kleine Auszeit."

Nathan sah Meike verschmitzt an, woraufhin sie wider Willen errötete.

Natürlich hatte Chrissie nicht schlafen können. Zum einen fand sie die Geschehnisse der letzten zwei Tage und das Verhalten von Katja und Onkel Paul im höchsten Maße dubios. Zum anderen nagte ein ungutes Gefühl an ihr, das einzig daran lag, dass Jonas sich vollständig rarmachte. Nachdem sie fünf wunderschöne gemeinsame Tage verbracht hatten und er ihr immer wieder unmissverständlich gezeigt und gesagt hatte, was er für sie empfand, machte sein Untertauchen sie absolut ratlos. Es schmerzte wie ununterbrochene Nadelstiche und ließ sie traurig zurück.

Wie verabredet stand Chrissie um siebzehn Uhr widerstrebend auf und zog sich schick an. In der Küche traf sie Katja, die auffallend fleißig gewesen war und ihr sofort ein Salatbesteck in die Hand drückte.

„Du kommst genau richtig. Der gemischte Salat ist fast fertig. Bitte übernimm den Rest. Ich möchte mich umziehen."

Mit dem Smartphone in der Hand verließ Katja, ohne eine Antwort abzuwarten, den Raum.

Ingrid staunte.

„Es ist ja fast alles gerichtet."

Meike erschien, gefolgt von Nathan, der den Arm um sie legte.

„Von mir aus können wir gegen halb sieben essen."

„Hast du nicht langsam Hunger?", wunderte sich Meike.

„Och, naja."

„Dann werde ich mal ein paar gute Flaschen aus dem Keller holen."

„Immer langsam, Hermann", entgegnete Onkel Paul. „Wir haben den ganzen Abend vor uns. Ich stimme Nathan zu, halb sieben ist eine sehr gute Zeit für unser gemeinsames Raclette."

Umgehend tauschten Meike und Chrissie argwöhnische Blicke.

„Diese ungewohnte Einigkeit zwischen Onkel Paul, Katja und deinem Freund macht mich richtig nervös."

„Es ist wirklich seltsam. Ich habe Nathan vorhin gefragt, ob etwas im Busch sei, aber er schwört, es sei alles okay."

„Katja ruft nach dir, Chrissie", verkündete Ingrid. „Du sollst ihr bei irgendetwas helfen. Geh bitte kurz hinauf."

17. Kapitel

„Ich glaube, der Reißverschluss klemmt. Kannst du bitte mal nachschauen?"

Katja drehte Chrissie den Rücken zu.

„Der ist völlig in Ordnung. Da klemmt gar nichts."

„Wirklich? Danke. Ich habe es einfach nicht hinbekommen."

„Na, dann können wir ja runtergehen."

„Eine Frage: Könntest du mir deinen silbernen Armreif leihen? Den, den du Weihnachten getragen hast?"

„Klar."

„Wie lieb von dir", flötete Katja und drückte zuvorkommend Chrissies Klinke herunter. Nachdrücklich schob sie ihre Schwester ins eigene Zimmer hinein und schloss von außen die Tür.

„Hey, was soll das? Ich dachte, du möchtest meinen Armreif haben."

„Ach, weißt du, ich nehme lieber ein Schmuckstück von mir. Vergiss nicht, deinen Rollladen herunterzulassen!"

Durch das Türblatt vernahm Chrissie ein leises Kichern. Was hatte ihre verrückte Schwester nun wieder vor?

„Der war längst unten. Wieso hast du ihn hochgezogen?"

Kopfschüttelnd ging Chrissie zur Balkontür und stutzte. Was war das? Sie zog die Gardine zurück und starrte direkt in die schwarzen Grillkohle-Augen eines Schneemanns. Mit seiner roten Pudelmütze war er beinahe ebenso groß wie sie. Um den Hals trug er einen karierten Schal und in der Mitte seines Gesichts thronte eine beeindruckende Karotte. Beleuchtet wurde er von einer Reihe flackernder Kerzen, die in Windlichtern rings um ihn herumstanden. Hatte Katja den gebaut, während sie spazieren gegangen waren? Das sähe ihr gar nicht ähnlich. Und wie hatte sie all den Schnee auf den Balkon bekommen?

Fassungslos öffnete Chrissie die Außentür.

„Ja, hallo! Wer bist denn du?“, fragte sie den unangemeldeten Besucher, ohne eine Antwort zu erwarten. In der Ferne ertönte Musik. Eine rote herzförmige Pappe, die der Schneemann mit einer Schnur um den Hals trug, flatterte im Abendwind. Chrissie griff danach und öffnete das aufklappbare Herz. Atemlos las sie:

Liebe Chrissie,

kannst du dem größten Hornochsen aller Zeiten verzeihen, dass er sich zwei Tage lang nicht gemeldet hat? Falls ja, gib meinem eiskalten Freund Bescheid. Er leitet deine Nachricht an mich weiter.

In Liebe,
Dein Jonas

Erleichterung flutete Chrissies Herz wie eine riesengroße Welle. Zwar verstand sie nicht, was genau vor sich ging, aber der freundliche Bote auf ihrem Balkon und seine Nachricht, setzten eine Schar von Schmetterlingen in ihrem Innern frei. Belustigt beugte sie sich zu dem Schneemann vor.

„Natürlich verzeihe ich ihm. Bitte richte Jonas aus, wie sehr ich ihn vermisse."

Gespannt lauschte sie auf eine Antwort. Doch zunächst hörte sie nur Tritte auf Holz und ein leises Anschwellen der Musik. Als Jonas Kopf oberhalb der Balkonbrüstung erschien, wurde sie auch der Leiter gewahr, die am Holz lehnte.

„Jonas! Wo kommst du denn her?"

„Der Liebe leichte Schwingen trugen mich. Kein steinern Bollwerk kann der Liebe wehren."

Behände schwang er ein Bein über die Brüstung, verlor dabei allerdings das Gleichgewicht und schwankte bedrohlich.

Wie der Blitz war Chrissie bei ihm und packte seinen Arm.

„Hiergeblieben, Romeo. Bist du verrückt?"

„Nur nach dir."

„Das war aber kein Zitat von Shakespeare."

„Falls du glaubst, ich könnte die ganze Balkonszene auswendig aufsagen, muss ich dich leider enttäuschen. Sie ist viel zu lang und schwülstig für meinen Geschmack."

Vorsichtig kletterte Jonas über die Absperrung und nahm Chrissie in die Arme.

„Es tut mir wahnsinnig leid, dass ich mich so lange nicht gemeldet habe."

„Was war denn los? Ich habe mindestens hundertmal versucht, dich zu erreichen."

„Das ist eine lange und ziemlich peinliche Geschichte ..."

„Peinlich? Für wen?"

„Für mich logischerweise."

„Jetzt bin ich gespannt."

Jonas räusperte sich.

„Tja. Ich habe am Sonntagabend versucht, dich anzurufen."

„Ich hatte mein Smartphone verloren. Du, das ist eine ganz seltsame Sache …"

Chrissie verstummte, da Jonas ihr den Finger auf die Lippen legte.

„Dein Handy lag im Kofferraum. Markus fand es am späten Abend, weil es klingelte, als er mit Hannibal vor der Tür stand. Das war mein zigster Versuch, dich zu erreichen."

„Dachte ich es mir doch."

„Pscht! Sonst verliere ich den roten Faden."

„Okay."

„Da dein Smartphone nicht gesperrt war – was übrigens ziemlich leichtsinnig von dir ist und in diesem Fall zu erheblichen Komplikationen geführt hat – wollte ich Meike anrufen. Leider sind deine Kontakte seltsam verschlüsselt. Ich habe keine M.B. gefunden."

„Meike heißt bei mir G.S. – das bedeutet ‚große Schwester'."

„Da soll ein Mensch draufkommen. Ich jedenfalls hatte beschlossen, dir das Telefon am Montagmorgen zu bringen, aber dann erschienen ständig Nachrichten und die Vermutung lag nahe, dass du versuchen würdest, Kontakt aufzunehmen."

„Auf die Idee, eine SMS oder WhatsApp zu schreiben, bin ich leider nicht gekommen. Von wem waren die Nachrichten?"

„Von N.W."

„Klar! Nathan wollte sich unbedingt mit mir verabreden.“

„Das habe ich gemerkt“, sagte Jonas säuerlich. „Leider bin ich nicht auf den Gedanken gekommen, er könnte Meikes Freund sein, sondern dachte stattdessen, es sei dein Ex.“

„Der hat meine aktuelle Nummer gar nicht. Aus gutem Grund!“

„Das hättest du mir mal erzählen sollen.“

„Und weiter?“

„Ich war rasend eifersüchtig.“

„Wirklich?“

„Wirklich. Nathan schrieb, er wolle dich gegen halb neun vor dem Haus treffen. Heimlich. Verständlicherweise wollte ich meinem vermeintlichen Nebenbuhler zuvorkommen. Leider hat gestern Morgen mein Wecker versagt.“

„Oje.“

„Ich kam zu spät, ihr wart schon weg und ich fuhr nach Oberstdorf, um etwas zu erledigen. Darauf komme ich später zurück.“

„Du machst es aber spannend.“

„Im Stadtzentrum allerdings sah ich von ferne einen blonden Mann vor der Frau meiner Träume knien und ihr einen Ring an den Finger stecken.“

„Oh, nein!“

Entsetzt schlug Chrissie die Hand vor den Mund. Jonas, der sie noch immer mit beiden Armen locker umschlungen hielt, näherte sich langsam ihrem Gesicht.

„Dass es mir den Magen umgedreht hat, muss ich wohl nicht extra betonen. Bevor ich reagieren konnte, wart ihr verschwunden und ich kaufte einen Umschlag, steckte das Smartphone, das ich morgens vergessen hatte einzuwerfen, hinein und fuhr zurück zu eurem Haus."

„Du, Ärmster! Was musst du von mir gedacht haben?"

„Bist du gar nicht sauer auf mich, weil ich dir misstraut habe? Du hättest allen Grund dazu."

„Ich schätze, die Situation war zu eindeutig, um sie in Zweifel zu ziehen. Es tut mir sehr leid, dass du das mitansehen musstest."

Jonas küsste Chrissie sanft auf den Mund.

„Und mir tut es leid, dass ich nicht einfach geklingelt habe. Dann hätte ich schnell herausgefunden, wer N.W. ist und hätte dich einfach fragen können, was zum Henker, ihr in der Stadt gemacht habt."

„Und wie hast du es stattdessen herausgefunden?"

„Zunächst gar nicht. Bis Lilly gestern Abend zu euch gefahren ist und Katja kennengelernt hat. Eigentlich wollte sie zu dir, aber du warst gerade auf dem Weg nach Sonthofen."

„Wo ich dich verpasst habe."

„... und eine Nachricht auf einem Prospekt hinterlassen hast, den Markus wutentbrannt ins Altpapier geworfen hat, weil er keine Werbesendungen mag."

„Darauf hatte ich nicht geachtet."

„Glücklicherweise hat Katja sich gewundert, warum du so schnell zurückkamst, und mit Lilly telefoniert, die ihre Nummer dagelassen hatte."

„Und sie hat dich informiert?"

„Nein, Lilly hat mich heute Morgen lediglich aufgehalten, bis Katja und Nathan vor der Tür standen. Um ein Haar hätte ich ihm eine gelangt."

„Das ist ja der reinste Krimi."

„Wem sagst du das! Zum Glück konnten wir das Missverständnis aufklären und ich versprach, noch heute herzukommen, um mich in aller Form bei dir zu entschuldigen."

„Entschuldigung angenommen. Sag mal, steckt Onkel Paul mit den beiden unter einer Decke?"

„Er war als einziger eingeweiht. Mit Meike konnten sie nicht sprechen, ohne den Ring zu erwähnen. Sie ist genauso ahnungslos wie du und soll es wohl bis Mitternacht auch bleiben."

„Ich fasse es nicht. Während ich mir die Finger wund wähle, um dich endlich an die Strippe zu bekommen, versinkt die Welt um mich herum im Chaos und ich, Blindfisch, merke es nicht einmal."

„Ich fürchte, den Anspruch auf diesen Titel kannst du nicht allein erheben. Wenn Lilly und deine Familie nicht gewesen wären, säße ich längst wieder in München. Mit gebrochenem Herzen wohlgemerkt. Chrissie, das waren wirklich die schlimmsten Stunden meines Lebens."

Chrissie schlang Jonas die Arme um den Hals.

„Ich bin so froh, dass du hier bist."

„Hm", brummte er zustimmend und tat endlich, wonach er sich seit Stunden sehnte. Er küsste Chrissie, dass ihr Hören und Sehen verging.

Der Kuss endete erst, als aus Chrissies Zimmer ein lautes Räuspern erklang.

„Falls ihr die Tür noch länger sperrangelweit aufstehen lasst, wird das ganze Haus auskühlen und unsere Mutter wie ein Racheengel hereinstürmen. Vermutlich wird sie die Leiter relativ befremdlich finden und den Kerl auf dem Balkon ebenfalls."

Jonas sah zu Katja hinüber.

„Meinst du mich?“

„Nicht dich, sondern dein Kunstwerk aus Schnee.“

„Katja!“ Chrissie stürzte zu ihrer Schwester, um sie überfallartig in die Arme zu schließen.

„Zu Hilfe!“

„Du bist großartig, weißt du das?“

„Natürlich weiß ich das. Aber schön, dass du und Onkel Paul es auch endlich erkannt haben.“

„Onkel Paul! Den muss ich mir noch vorknöpfen. Und Nathan erst! Wie ihr alle miteinander intrigiert habt, ist wirklich ein starkes Stück.“

„Du kannst dich nicht beschweren. Schließlich hast du dein Herzblatt wieder. Und ich bin weiterhin Single.“

„Der netteste Single weit und breit.“

Jonas lehnte am Türrahmen und amüsierte sich über den Schlagabtausch der beiden Schwestern.

„Immerhin“, brummelte Katja. „Übrigens bin ich nicht heraufgekommen, um mir meine wohlverdiente Portion Dankesworte abzuholen, sondern weil denen da unten die Mägen in den Socken hängen. Wenn ihr also das Raclette nicht verpassen wollt ...“

„Meint ihr, ich sollte mit hinuntergehen?“, erkundigte sich Jonas zweifelnd.

„Dämliche Frage. Wir haben bereits für dich mitgedeckt. Wie du unseren Eltern allerdings erklären willst, auf welchem Weg du ins Haus kamst, musst du selbst wissen.“

18. Kapitel

Noch bevor Katja mit den beiden Frisch-Versöhnten die Mitte der Treppe erreicht hatte, ertönte im Erdgeschoss ein donnerndes Bellen.

Entsetzt blieb sie stehen.

„Wer hat das Monster reingelassen?"

Am Fuß der Stufen bot sich ihnen ein denkwürdiges Bild. Während Markus Hannibal am Halsband festhielt, half Onkel Paul Lilly galant aus dem Mantel. Nun sah er auf.

„Ich habe die Nummer von Jonas Freunden an der Garderobe entdeckt und mir gestattet, sie für heute Abend einzuladen."

„Wissen Mama und Tante Rosie davon?"

„Inzwischen schon. Sie waren mäßig begeistert – wegen dieses unglaublich freundlichen Gesellen."

Onkel Paul kraulte den Neufundländer fachmännisch mit beiden Händen, wofür er ein begeistertes Hecheln erntete.

Mitfühlend legte Chrissie ihrer Schwester den Arm um die Schultern.

„Komm, Katja. Sobald du Hannibal näher kennst, wirst du ihn mögen. Er ist eine Seele von Hund."

„Für meinen Seelenfrieden wäre es besser, wenn wir den größtmöglichen Abstand zueinander hätten."

„Kein Problem. Wir sorgen dafür, dass er dir nicht zu nahekommt."

Verständnisvoll stellte sich Lilly vor Hannibal, sagte „Sitz!" und Katja beobachtete erleichtert, wie sich der schwarze Vierbeiner behäbig auf sein gewaltiges Hinterteil plumpsen ließ. Schnell huschte sie an ihm vorbei.

Onkel Paul schüttelte Jonas die Hand.

„Wie es scheint, hat die Aussprache funktioniert. Das freut mich. Ich bin sicher, wir werden einen unterhaltsamen Abend verbringen. Auf geht's in die gute Stube."

Chrissie hielt Jonas zurück.

„Es ist schön, dass er Lilly und Markus eingeladen hat. Jetzt bin ich gespannt, wie er Mama und Tante Rosie Hannibal schmackhaft machen will."

Jonas nutzte die kurze Zweisamkeit im Treppenhaus, um einen Kuss zu ergattern.

„Ich weiß gar nicht, was du willst? Dein Onkel ist doch spitze. So gastfreundlich und total spontan!"

„Von wegen! Ich entdecke gerade ganz neue Seiten an ihm."

„Vielleicht hast du ihn bisher falsch eingeschätzt."

„Und wovon träumst du nachts?"

„Jedenfalls nicht von Onkel Paul ..."

Jonas grinste wie ein Honigkuchenpferd.

Glücklicherweise hatte Hermann den Familientisch aufgrund der vielen Schüsseln und Beilagen auf die maximale Länge ausgezogen, weshalb auch Lilly, Markus und Jonas an der festlichen Tafel problemlos Platz fanden. Tante Rosies Wangen glühten vor Begeisterung über die große Schar, die es zu verköstigen galt. Diesbezüglich war sie ganz in ihrem Element. Lediglich Hannibal und Onkel Paul warf sie misstrauische Blicke zu. Dem Neufundländer, um sicherzustellen, dass er einen ausreichenden Abstand zu ihr und den Lebensmitteln hielt und ihrem Mann, aus der Sorge heraus, er könnte auf die verrückte Idee kommen, sich einen Hund zulegen zu wollen.

Zur allseitigen Verwunderung hatte sich der Neufundländer nämlich nicht bei Lilly und Markus, sondern neben Onkel Pauls Stuhl niedergelassen. Die beiden schienen auf dem besten Weg zu sein, gute Freunde zu werden.

Gerne hätten Chrissie und Jonas die Familie über die neuesten Ereignisse im Unklaren gelassen. Aufgrund ihrer gesprächigen Mitwisserin war das allerdings reines Wunschdenken, denn Katja versorgte die Zuhörer mit reichlich unnötigen Andeutungen über Chrissies und Jonas überwundene Krise.

Nathan, der befürchtete, in die Erzählung mit hineingezogen zu werden, wurde zunehmend nervöser.

„Ich habe gehört, ihr habt ein paar tolle Ausflüge gemacht? Erzählt mal, welche Ziele ihr empfehlen könnt."

Jonas kam der Themenwechsel sehr gelegen.

„Markus und Lilly haben mir ein Buch mit Wanderrouten zu Weihnachten geschenkt. Ich leihe es dir gerne."

„Wer möchte noch Salat?", fragte Tante Rosie. „Ich könnte frischen anrichten, falls ihr mögt."

„Um Himmels Willen, Rosie, der Tisch biegt sich bereits unter dem ganzen Essen."

Hermann zwinkerte seiner Schwägerin belustigt zu.

„Denkt an die Krapfen, die auf euch warten!", mischte sich die Jüngste im Bunde ein.

„Stimmt. Katja hatte heute Vormittag Sorge, irgendwer könnte verhungern."

„Quatsch. Der Einkauf war doch bloß ein Vorwand, um bei Jonas vorbeizuschneien.“

„Das ist uns inzwischen klar, aber wofür hast du Nathan eingespannt? Und warum habt ihr mir nicht Bescheid gesagt?“

Stirnrunzelnd sah Meike ihre Schwester an.

„Wie sollte ich denn ohne Auto nach Sonthofen kommen?“, konterte Katja schlagfertig. Die zweite Frage ließ sie unbeantwortet. Nathan atmete erleichtert auf.

Onkel Paul kraulte den neben ihm liegenden Neufundländer.

„Euer Hannibal ist ein Pfundskerl, das muss ich sagen. Was meinst du, Rosie, sollten wir …?“

„Alles nur das nicht!“

„Es könnte durchaus ein kleineres Model sein.“ „Nein, Paul. Ich will keinen Hund. Die verlieren überall ihre Haare. Und wer muss dann jeden Tag saugen?“

„Sieh es als Ausgleich zu mir: Ich habe keine Haare mehr, die ich verlieren könnte.“

Katja prustete laut heraus.

„Ich könnte mir den Pudel Pluto oder den Australian Shephard Apollo an Onkel Pauls Seite sehr gut vorstellen.“

„Mit Hunderassen scheinst du dich wesentlich besser auszukennen als mit historischen Persönlichkeiten, liebe Katja. Ich wollte meinen Hund nach einem griechischen Philosophen benennen und nicht nach einem römischen Gott.“

„Das macht doch keinen Unterschied.“

„Glaube mir. Da gibt es gewaltige Unterschiede. Geographische – zwischen dem antiken Griechenland und dem Römischen Reich – und charakterliche. Ein Philosoph ist ein Mensch, der Antworten auf grundlegende Sinnfragen sucht, wohingegen die meisten Götter, so sie denn existierten, sich eher dem sinnlosen Gemetzel verschrieben hatten."

„Ausgerechnet du unterstützt Onkel Paul, wenn er sich einen Hund zulegen will?", wunderte sich Meike.

„Rein theoretisch. Ich wollte Poseidon und Artemis nicht persönlich kennenlernen."

„Hoffen wir, dass der alte Zeus oben auf seinem Olymp heute Abend sein Hörgerät ausgeschaltet hat. Sonst schickt er dir vermutlich eine Ladung Blitze, weil du zwei seiner Götter degradiert hast", seufzte Onkel Paul. „Und lass mich dir bei der Gelegenheit noch einmal ans Herz legen, mehr zu lesen, liebe Katja."

Ingrid hatte während der gesamten Namensdiskussion über das Missverständnis zwischen Chrissie und Jonas nachgedacht. Nun machte sie ihrem Unverständnis Luft.

„Wie kann man in einer bestehenden Beziehung so eifersüchtig sein? Sie müssen doch gewusst haben, dass Chrissie keinen Kontakt mehr zu ..."

„Wage es nicht, den Namen auszusprechen!"

„... keinen Kontakt mehr mit ihrem Ex-Freund hat."

„So gut kannten sich die beiden wohl nicht."

„Katja!"

Chrissies Augen schossen unsichtbare Pfeile in Richtung ihrer Schwester.

„Ist ja auch kein Wunder nach nur einer Woche."

„Wie bitte? Eine Woche? Soll das ein Scherz sein?"

Ingrid starrte zunächst Katja an, die jedoch völlig unbeeindruckt weiter aß, weshalb der mütterliche Blick zu Chrissie hinüberwanderte.

„Was meint sie damit?“

„Katja meint, es sei höchste Zeit sich mal wieder unbeliebt zu machen.“

„Vor einer Stunde war ich noch die beste Schwester der Welt.“

„Die Dinge ändern sich.“

„Chrissie?!“

Der mütterliche Tonfall verschärfte sich.

„Es ist wahr. Jonas und ich haben uns erst an Heiligabend kennengelernt.“

„Ihr sagtet, ihr wärt seit vier *Monaten* zusammen.“

„Falsch! Es waren vier Tage und Jonas hat nur gemeint, dass ... Was hast du neulich gesagt?“

„... Es seien noch *keine* vier Monate ...“

„Das ist arglistige Täuschung!“

„Wofür ich mich in aller Form entschuldige, Frau Bucher.“

„Chrissie, du bist bei einem Fremden ins Auto gestiegen?“

„Mama, ich bin erwachsen.“

„Volljährig, nicht vernünftig!“

Hermann legte seiner Frau besänftigend die Hand auf den Arm. „Jonas ist sehr sympathisch, Ingrid, und offenbar nicht auf den Mund gefallen. Aus vier Tagen ‚keine vier Monate‘ zu machen: Ganz schön hinterhältig! Aber wahrscheinlich wollte er Chrissie nur vor deiner Reaktion bewahren. Und unsere Tochter wäre niemals bei einem weniger vertrauenerweckenden Mann mitgefahren. Nicht nach ihren Erfahrungen. Da bin ich mir sicher.“

„Danke, Paps.“

Trotz seiner Hilfe hätte Chrissie schreien mögen. Zu ihrer Freude ergriff Jonas unter dem Tisch ihre Hand und drückte sie sanft. Wärme durchströmte und beruhigte sie. Dankbar lächelte sie ihn an.

„Ach, Mama, du bist so spießig", klagte Katja. „Warst du denn niemals jung?"

„Doch, war sie", fiel Tante Rosie ihr ins Wort. „Und nicht nur das. Eure Mutter war eine ganz Wilde."

„Das tut nun wirklich nichts zur Sache!"

„Das sehe ich anders! Lass' hören, Tante Rosie", hakte Katja mit glänzenden Augen nach.

„Hast du ihnen nie erzählt, wie du damals heimlich mit Kurt zum Rolling Stones Konzert gefahren bist, Ingrid?"

Rosie sah ihre Schwester und die drei Nichten der Reihe nach an.

„Mit dem Motorrad und einem Zelt! Sie war zwei Tage lang weg. Unsere Eltern hat fast der Schlag getroffen."

„Ich glaub es nicht! Du warst bei den Stones? Ohne die Erlaubnis von Oma Hilde?"

„Naja ..."

„Hat sie es herausgefunden?"

„Natürlich hat sie", mischte sich Tante Rosie ein. „Unser Vater hat getobt! Eure Mutter bekam Hausarrest und Kurt Besuchsverbot."

„Hausarrest? Wie alt warst du denn damals?"

„1976 war ich knapp neunzehn. Und so wild, wie Rosie euch glauben macht, war es gar nicht."

„Mit neunzehn warst du volljährig!" Katja holte tief Luft. „Wie konnte Opa dich da bestrafen?"

Onkel Paul hörte auf, Hannibal zu kraulen.

„Die Änderung der Volljährigkeit von einundzwanzig
auf achtzehn Jahre fand zwar 1975 statt. Von der älte-
ren Generation wurde das damals trotzdem gerne igno-
riert."

Tante Rosie nickte energisch.

„Der Lieblingsspruch eures Großvaters lautete: ‚Solange du deine Füße unter meinen Tisch stellst, …'"

„Es hat eindeutige Vorteile, heute zu leben."

„Ja, ihr Lieben. Das waren andere Zeiten. Euer Vater
und ich mussten bei den Schwiegereltern um die Hand
unserer Bräute anhalten. Weißt du noch, Rosie?"

Da Hannibal Anstalten machte, sich zu erheben,
setzte Onkel Paul die Unter-Tisch-Massage fort, was
sich der Neufundländer nur allzu gern gefallen ließ.
Gnädig streckte er sich erneut neben dem Stuhl aus.

Unterdessen betrachtete Katja ihre Mutter und Tante
mit einem nie dagewesenen Interesse.

„Irre! Und wer war Kurt?"

„Ein Bekannter aus dem Nachbardorf."

„Bloß ein Bekannter? Immerhin hast du mit ihm ge-
zeltet", bohrte die Siebenundzwanzigjährige nach.

„Nicht irgendein Bekannter! Kurt war der feschste
Junge weit und breit."

„Ach, sei still, Rosie!"

„Ist doch wahr! Alle wollten mit ihm ausgehen. Die
Liesl ist fast geplatzt vor Neid, weil er Ingrid gefragt hat,
ob sie mit ihm zum Konzert fährt."

„Warst du auch in ihn verliebt?", fragte Chrissie neugierig.

„Nein. Ich war längst mit Paul zusammen. Unter den
strengen Augen unserer Eltern wohlgemerkt. Mehr als
tanzen gehen oder ins Kino kam nicht in Frage, obwohl

ich Anfang zwanzig war. Ihr habt es gut heute. Wisst ihr das?"

Katja ignorierte den Einwurf.

„Und wann hast du Mama kennengelernt, Paps?"

Hermann lehnte sich entspannt zurück.

„Wir sind uns erst ein paar Jahre später über den Weg gelaufen. Zu der Zeit war Kurt schon ad acta gelegt."

„Zelten mit Kurt, Motorradtrips und die Rolling Stones … Ich fass es nicht! Unsere Helikoptermutter hat eine interessantere Vergangenheit, als ich dachte."

Katja konnte ihre Genugtuung über das Aufdecken der mütterlichen Jugendsünden nur schwer verbergen.

„Es gibt gute Gründe dafür, seinen Kindern nicht alles zu erzählen."

Ingrid warf einen missmutigen Blick auf Tante Rosie und Meike erkannte, dass Lilly, Markus, Jonas und Nathan sich bei der Diskussion verständlicherweise nicht sonderlich wohlfühlten.

„Ach lasst gut sein", beschwichtigte sie deshalb. „Halten wir einfach fest, dass Chrissie sich den perfekten Weihnachts-Chauffeur ausgesucht hat und Mama auch mal jung war."

„Schöner hätte ich das nicht zusammenfassen können."

Hermann zwinkerte seiner Ältesten verschwörerisch zu und hob sein Glas. „Und nun lasst uns auf die unerwartet große Runde anstoßen und auf die sympathischen Neuzugänge in unserer Familie."

Unter dem Tisch ertönte ein Brummen, woraufhin Hermann ergänzte: „Die vierbeinigen natürlich miteingerechnet."

Onkel Paul toastete in die Runde.

„Auf einen sanftmütigen Feldherrn und seine belesenen Begleiter.“

Als nächstes hob Markus sein Glas.

„Vielen Dank für die spontane Einladung. Dieses Jahresende werden wir so schnell nicht vergessen.“

Jonas löste seine Hand aus Chrissies und prostete ihren Eltern und Tante Rosie zu.

„Auch ich möchte mich bedanken. Einmal für das leckere Essen und dann bei der Buchhändlerin, die meine Geschenke so langsam und umständlich eingepackt hat.“

Sanft knuffte Chrissie ihn in die Seite.

„Die Verkäuferin war gar nicht langsam. Es war eine Zumutung, dass du die Bücher überhaupt hast einpacken lassen. Zumindest habe ich es an Heiligabend so empfunden. Inzwischen sehe ich das natürlich anders ...“

„Ihr sprecht in Rätseln“, maulte Katja. „Geht es eventuell etwas detaillierter?“

„Nimm deine Schwester bitte ein andermal ins Gebet, liebe Katja. Jetzt sollten wir schleunigst fertig werden, damit wir ‚Dinner for One‘ schauen können.“

„Ach, Paul. Du bist unglaublich ungemütlich! Es soll ein schönes Essen sein und keine Hatz!“

„Ich hetze niemanden. Aber keiner wird bestreiten, in den letzten sieben Tagen mehr als genug gegessen zu haben.“

Nicht nur seine Frau war empört über Pauls Eile, sondern auch die Gastgeberin.

„Es ist Silvester. Da wird man hoffentlich in Ruhe sein Raclette genießen dürfen. Zumal wir so netten Besuch haben.“

„Hört, hört! Plötzlich ist der gefährliche Unbekannte, zu dem meine Schwester verbotenerweise ins Auto gestiegen ist, ein netter Besuch."

„Halt die Klappe, Katja!", fauchte Chrissie.

„Ich meine ja bloß."

„*Reden ist Silber, Schweigen ist Gold.* Darüber solltest du mal nachdenken."

„Ach, Onkel Paul. An dir ist eine Sprüche-Sammlung verloren gegangen."

„Diese Redewendungen enthalten viel Wahrheit und ich, liebe Katja, ziehe fundierte Aussagen einem losen Mundwerk vor."

19. Kapitel

Um kurz vor Mitternacht schleppte Katja ein großes Tablett mit Krapfen ins Freie, wo sich alle versammelt hatten, um das bevorstehende Feuerwerk zu genießen. Hermann folgte mit Sekt und Ingrid mit Wunderkerzen. Chrissie kuschelte sich an Jonas Brust. Sie standen etwas abseits am Rand der Terrasse, wo er sie fest umschlungen hielt. Beider Augenpaare waren nach oben gerichtet. Die Nacht präsentierte sich wolkenlos, der Himmel tiefschwarz. Im unbeleuchteten Garten am Ortsrand waren die zahllosen Sterne am Firmament deutlich erkennbar. Am Boden und auf den Hecken glänzten die Schneekristalle mattweiß. Vereinzelt blitzten die ersten Feuerwerkskörper auf und überlagerten den Ausblick in die Weiten des Weltalls. Noch hielt sich die Anzahl der Raketen in Grenzen.

„Dass die immer schon vor Mitternacht knallen müssen", beschwerte sich Tante Rosie. „Das neue Jahr hat doch noch gar nicht angefangen."

„Ungeduld ist ein schnelles Pferd, aber ein schlechter Reiter", zitierte Onkel Paul weise.

„Wie meinst du das?"

„Ganz einfach, wer jetzt alles in die Luft jagt, kann nachher nur noch zuschauen."

„Na und? Dann können wir schneller reingehen. Es ist rattenkalt."

Schlotternd umschlang Katja ihren Oberkörper mit den Armen. Nur schwer konnte sie ein Zähneklappern unterdrücken.

„Was ist das überhaupt für ein leichter Mantel, den du trägst! Das Thermometer zeigt minus zwei Grad.“

Der Vorwurf in Ingrids Stimme war unüberhörbar.

„Eben. Bei der Witterung würde mir sogar das Gebiss klappern, wenn ich mich wie in der Steinzeit in ein Eisbärenfell gewickelt hätte. Es würde deshalb nichts nützen, herumzulaufen wie Ötzi ...“

„Ötzi überquerte vor seinem Tod die Alpen. Es wäre ein Wunder, wenn der weltbekannte Gletschermann dabei einem in der Arktis ansässigen Eisbären begegnet wäre. Insgesamt ist anzumerken, dass der klassische Urzeitmensch eher selten Gelegenheit gehabt haben mag, ein Eisbärenfell zu tragen, liebe Katja, weil die Arktis erst gegen Ende der Steinzeit besiedelt und durchwandert wurde.“

„Toll, danke, Onkel Paul. Das gehört sicher zum essentiellen Grundwissen eines jeden Menschen.“

„Nun, auch wenn es nicht jeder weiß, kann es sicher nicht schaden, ein wenig mehr Kenntnis zu besitzen als der Durchschnittsbürger.“

„Inzwischen verstehe ich, was du meintest“, flüsterte Jonas Chrissie ins Ohr. „Heute Abend haben Onkel Paul, deine Mutter und Katja wirklich alles gegeben, um deiner Beschreibung gerecht zu werden ...“

Er lachte kaum hörbar.

Sie wandte den Kopf.

„Siehst du! Ein Leben mit dieser Familie ist ein hartes Los.“

„Ein Leben ohne richtige Familie ist nicht besser, glaub mir. Ich würde sofort mit dir tauschen.“

„Falls du Wert darauflegst, kann ich meine verrückte Sippe gern mit dir teilen.“

„Eine hervorragende Idee. Zu zweit lässt sie sich bestimmt leichter ertragen."

„Zu zweit kann man wahrscheinlich alles leichter ertragen."

Chrissie legte den Kopf an Jonas Schulter.

Unverhofft tauchte Rosie mit einem Tablett neben ihnen auf.

„Sekt, ihr Lieben?"

„Ich nehme einen. Danke, Tante Rosie."

„Für mich bitte einen Orangensaft. Ich muss noch fahren."

Markus und Lilly gesellten sich mit Gläsern in den Händen zu ihnen. Tante Rosie eilte weiter zu Katja.

„Wie spät ist es?"

Markus sah auf seine Armbanduhr.

„Noch eine Minute."

„Ich muss mich für meine Familie entschuldigen. Bereut ihr bereits, Onkel Pauls Einladung angenommen zu haben?"

Lilly schüttelte amüsiert den Kopf.

„Bist du verrückt? Es war ein sehr unterhaltsamer Abend mit wirklich gutem Essen. Außerdem konnten wir uns die ganze Zeit ungestört unterhalten, weil Hannibal bei deinem Onkel bestens versorgt war ..."

„Ich will gar nicht wissen, was er ihm alles zugesteckt hat", warf Markus ein.

„... und über eure Aussprache freue ich mich am meisten. Jonas Leidensmiene war ja nicht mehr mitanzusehen."

„Schaut mal! Dort drüben tut sich was."

Jonas deutete ans andere Ende der Terrasse.

„Wo?“, fragte Markus.

„Er meint Nathan.“

Lilly drehte ihren Mann sanft um seine Achse.

Jonas küsste Chrissie auf die Wange.

„Endlich kniet er vor der richtigen Frau. Wenn er das schon gestern gemacht hätte, wäre uns viel erspart geblieben.“

„Bist du unromantisch! Er macht Meike einen Antrag. Ich freu mich so für sie.“

„Ja, sie sind ein sympathisches Paar.“

„Sieh mal, wie sie ihn anschaut. Damit hat sie nicht gerechnet. Wie süß.“

Zu seinem Leidwesen hatte der knieende Nathan die Aufmerksamkeit der gesamten Familie erregt.

„Ach, wie goldig, Nathan hält um Meikes Hand an. Und wir dürfen alle dabei sein. Wie schön!“

Tante Rosie war ganz aus dem Häuschen.

„Das sehen die beiden wahrscheinlich anders“, murmelte Chrissie mitfühlend.

„Jetzt haben wir wegen des Alternativprogramms glatt den Jahreswechsel verpasst“, stellte Jonas sachlich fest. Sanft drehte er Chrissie vollends zu sich herum, murmelte „Ein frohes Neues!“ und küsste sie.

Markus und Lilly taten es ihnen gleich und am anderen Ende der Terrasse war Meike Nathan um den Hals gefallen.

„Als Single hat man es wirklich nicht leicht, in dieser Familie“, brummelte Katja und stieß mit ihren Eltern an.

Der Lärm der Feuerwerkskörper übertönte ihren Anfall von Selbstmitleid. Über den Köpfen der Buchers und ihrer Gäste explodierten Raketen in den verschiedensten Formen und Farben.

„Darf ich Meike jetzt erzählen, was ich versehentlich ausgelöst habe?", erkundigte sich Nathan bei Jonas, als ihm dieser auf die Schulter klopfte und gratulierte.

„Wie meinst du das?"

Neugierig reckte Meike den Hals.

„Meinetwegen. Ich habe es verdient, dass alle Welt erfährt, was für ein Esel ich war."

Chrissie zog Jonas zu sich heran.

„Sei nicht so furchtbar selbstkritisch. Für mich sind es ganz besondere Feiertage. Noch nie hat jemand einen so großen Schneemann für mich gebaut – noch dazu direkt vor meinem Fenster und mit einer romantischen Botschaft im Gepäck. Und noch nie sind direkt nacheinander zwei Männer meinetwegen auf einen Balkon geklettert."

„Glaub mir. Ich werde dafür sorgen, dass nie wieder ein anderer Mann auf deinen Balkon klettert. Und ich würde, um ehrlich zu sein, in Zukunft auch lieber die Treppe nehmen."

Nachdem jeder jedem zugeprostet hatte, verteilte Katja ihre Krapfen und lobte sich im Stillen für die Entscheidung, Lilly und Markus mit eingeplant zu haben. Zu ihrer Überraschung griffen alle zu – sogar Onkel Paul.

„Ich dachte, wir hätten genug gegessen", stichelte Katja.

„Das steht außer Frage, aber was tut man nicht alles für das Gemeinschaftsgefühl."

„Was du nicht sagst."

„Ist noch einer übrig?“

Onkel Paul sah sich suchend nach dem Neufundländer um.

„Auf keinen Fall!“ Energisch schob Markus Katja mitsamt dem fast leeren Tablett aus Onkel Pauls Reichweite.

„Das süße Zeug ist nicht gut für Hannibal. Außerdem hatte er heute schon genug Häppchen.“

Die frierende Katja war die erste, die schließlich im Haus verschwand. Onkel Paul folgte, als das Feuerwerk abebbte und Ingrid fühlte sich bemüßigt, die Sektgläser aufzuräumen. Markus und Lilly verabschiedeten sich von allen Anwesenden und traten mit Hannibal den Rückweg an.

Nach und nach leerte sich der Garten, bis nur noch Jonas und Chrissie übrigblieben. Sie waren um die Hausecke gegangen, da das nun wieder hell erleuchtete Wohnzimmer ihre Sicht auf die Sterne trübte.

„Schau mal, dort sind der große und der kleine Wagen … Es ist so eine klare Nacht.“

Jonas legte der begeisterten Chrissie den Arm um die Schulter.

„Frierst du?“

„In deinen Armen? Niemals!“

„Das wollte ich hören!“

„Ich finde es wunderschön hier draußen und genieße die himmlische Ruhe.“

„Ja, es ist schön, dich eine Weile für mich allein zu haben. Außerdem gibt es noch etwas, das ich dir geben möchte – ohne Zuschauer, wenn möglich.“

„Einer kann uns an diesem Ort schon belauschen.“

Irritiert sah sich Jonas um.

„Wer? Außer uns ist niemand mehr im Garten."

„Im Garten nicht. Aber auf dem Balkon über uns."

„Auf dem Balkon?"

„Klar. Der Schneemann mit Herz!"

Erleichtert lachte Jonas auf.

„Ach, der! Das ist mein treuester Verbündeter. Er darf gerne hören, was ich zu sagen habe. Zumal er ein guter Geheimnisträger ist – bei seiner geringen Lebenserwartung."

„Das klingt ziemlich herzlos. Ich werde morgen früh ein Erinnerungsfoto von ihm schießen, damit ich nie vergesse, was für einen verrückten Mann ich am Heiligen Abend des gerade vergangenen Jahres kennengelernt habe."

„Die Beschreibung von mir werde ich ignorieren, aber das Stichwort ,Erinnerung' kommt wie gerufen."

Feierlich räusperte sich Jonas und zog ein kleines Kästchen aus der Jackentasche.

„Es ist nicht eingepackt, da ich weiß, was du von aufwendigen Geschenkverpackungen hältst ..."

„Haha. Damit wirst du mich vermutlich ewig aufziehen, oder?"

„Möglicherweise ..."

Nach einem kurzen Zögern fuhr Jonas fort: „Es ist zweifellos etwas zu früh, um vor dir auf die Knie zu fallen, aber obwohl wir uns erst wenige Tage kennen, habe ich das Gefühl, dass zwischen uns ein starkes Band besteht. Und weil du den Schneemann unmöglich mit nach München nehmen kannst, habe ich eine andere Erinnerung an unsere ersten Begegnungen für dich."

Vorsichtig öffnete er das Kästchen und zog etwas silbrig Glänzendes heraus.

„Ein frohes neues Jahr, Chrissie."

„Eine Kette? Mit einer Schneeflocke? Sie ist wunderschön!"

Chrissie strahlte ihn an.

„Ich habe gar nichts für dich."

„Deine Liebe ist das schönste Geschenk."

Ihre Augen leuchteten und Jonas wickelte vorsichtig ihren Schal ab, um die Kette anzulegen.

„Danke. Ich weiß gar nicht, was ich sagen soll."

Sie wirbelte herum, legte ihre Arme um seinen Hals und küsste ihn überschwänglich. Jonas drückte sie fest an sich, öffnete die Lippen und erwiderte den Kuss. Seine Zunge tastete sich behutsam an ihre heran. Chrissie schloss die Augen und genoss seine Nähe und Leidenschaft. Sie wünschte, dieser Moment würde niemals enden. Gab es einen perfekteren Beginn in ein neues Jahr?

20. Kapitel

Nach einigen Minuten, in denen die Zeit stillgestanden zu haben schien, lösten sie sich atemlos voneinander.

„Ich will nicht zurück ins Haus", sagte Chrissie leise. „Am liebsten würde ich noch stundenlang mit dir hier draußen bleiben."

„Wollen wir eine Runde drehen? Ganz allein? Nur du und ich und das Licht der Sterne?"

„Das wäre großartig. Komm wir gehen ums Haus herum. Ich habe keine Lust auf den Trubel und die Diskussionen."

Jonas ergriff ihre Hand.

„Musst du nicht wenigstens Bescheid geben?"

Unwillig verengte Chrissie die Augen zu Schlitzen und schüttelte energisch den Kopf.

„Ich schreibe Meike eine Nachricht. Damit sich Mama ... damit sich keiner Sorgen macht."

„Gute Idee."

Im schwachen Licht des zunehmenden Mondes schlenderten sie die Straße entlang. Sie unterhielten sich leise, um die Anwohner nicht zu stören und mehr noch, um ihre Zweisamkeit zu bewahren. Was sich in der letzten Woche zwischen Chrissie und Jonas entwickelt hatte, gehörte nur ihnen. Es erschien beiden viel zu kostbar, um Andere daran teilhaben zu lassen.

Während sie sich von den Häusern entfernten und Chrissie die Nähe zu Jonas genoss, reifte tief in ihr ein

Entschluss. Es fiel ihr nicht leicht, doch sie überwand sich und blieb abrupt stehen.

„Jonas?“

„Ja.“

„Du hast mich um Verzeihung gebeten und mir ein Geschenk gemacht. Ich denke, es ist an der Zeit, dir etwas zurückzugeben.“

„Wie ich schon sagte, du musst mir nichts schenken.“

„Es ist nichts Materielles, sondern etwas Persönliches. Ich spreche von Vertrauen.“

Fragend sah er sie an.

„Du hast sicher längst erkannt, wie ungern ich von meinem Ex-Freund spreche, aber du sollst wissen, warum ich eigentlich keine neue Beziehung wollte.“

„Chrissie, du musst mir nichts von ihm erzählen, falls es dich belastet.“

„Es ist kein angenehmer Teil meiner Vergangenheit. Trotzdem sollst du die Wahrheit erfahren.“

„Wenn es dir wichtig ist, jederzeit.“

Aufmerksam sah Jonas sie an und umschloss ihre Hände.

„Als ich mit achtzehn mein Abi in der Tasche hatte, habe ich zunächst in der Nähe meiner Familie ein freiwilliges soziales Jahr absolviert. Anschließend wollte ich weg von zuhause. Du weißt ja inzwischen, wie erdrückend meine Mutter sein kann. Deshalb schrieb ich mich in Hamburg fürs Studium ein. Zuerst habe ich in einer WG gewohnt, danach in einem Studentenwohnheim. Im letzten Jahr zog ich mit einer Kommilitonin zusammen. Sie hieß Jule und nannte mich von Anfang an Tina. Christiane fand sie irgendwie doof und mit meinem Spitznamen habe ich mich glücklicherweise

in Hamburg nie vorgestellt. Die Abkürzung Chrissie
blieb meiner Familie und alten Schulfreunden vorbehalten."

Jonas hatte sie keine Sekunde aus den Augen gelassen. Er schwieg, während Chrissie ihre Gedanken sor-
tierte.

„Jule war nett, aber eher ein Partygirl. Eines Abends
lernten wir in der Disko zwei Typen kennen. Sie hatte
einen One-Night-Stand und ich blieb mit dem ruhige-
ren der beiden allein. Er hieß Marvin und war sehr
charmant. Wir trafen uns mehrmals und mir gefiel, wie
aufmerksam und fürsorglich er war. Ein paar Mal lud
er mich zum Essen ein, brachte immer etwas mit: Blumen oder Schokolade. Ich dachte: Wow! Da könnte was
draus werden. Obwohl ich keine tieferen Gefühle für
ihn hatte, habe ich mich auf eine Beziehung eingelas-
sen."

„Ich vermute, in Wirklichkeit war er ganz anders?"

„Richtig. Er war ein Narzisst. Natürlich gefiel mir sein
gepflegtes Äußeres anfangs. Seine beschützende Art
ging mir ein bisschen auf die Nerven, weil sie mich an
meine Mutter erinnerte. Dass seine Beweggründe ganz
andere waren, habe ich leider nicht sofort erkannt."

Stirnrunzelnd hörte Jonas weiter zu. Chrissie konnte
jedoch erkennen, wie sehr ihr Bericht ihm zusetzte, da
er ahnte, was nun folgen würde.

„Wenige Wochen später ließ seine überschwängliche
Aufmerksamkeit für mich nach und er wurde fordern-
der, was seine Bedürfnisse anging. Jedes Mal, wenn ich
nicht zurücksteckte, wurde er ungeduldig und aggressiv. Nach ein paar Monaten fand ich sein Verhalten un-
erträglich. Er war herrschsüchtig, stellte ständig Regeln

auf, an die ich mich halten sollte und wurde immer unleidiger.“

Jonas Gesicht versteinerte zusehends, als Chrissie fortfuhr.

„Meine Familie habe ich in dem Jahr kaum gesehen. Einerseits war ich durch meine Prüfung sehr eingebunden und andererseits hielt mich Marvin permanent auf Trab. Außerdem ging es meiner Großmutter zu dieser Zeit ziemlich schlecht, weshalb meine Eltern nicht nach Hamburg kamen. Oma Hilde starb kurz vor meiner Abschlussprüfung.“

„Das tut mir leid.“

Chrissie verzog das Gesicht zu einem traurigen Lächeln.

„Unter keinen Umständen wollte ich die Beerdigung in Süddeutschland versäumen. Marvin passte das ganz und gar nicht. Er setzte alle Hebel in Bewegung, um meine Reise zu verhindern. Zu guter Letzt bin ich losgefahren, ohne ihm die Adresse zu geben und Jule, der er längst nicht mehr geheuer war, hat mich gedeckt. Natürlich haben meine Eltern gemerkt, dass etwas nicht in Ordnung war und wollten sofort mit nach Hamburg fahren, um Marvin die Hölle heiß zu machen, aber ich hatte Angst. Ich hatte längst erkannt, dass er über Leichen ging, um das zu bekommen, was er wollte. An mich stellte er klare Besitzansprüche. Allerdings wusste er, aus Desinteresse an meiner Person, sehr wenig über mich. Ihm ging es eigentlich nur um die Befriedigung seiner Bedürfnisse. Deshalb kannte Marvin weder meinen richtigen Vornamen, noch die Namen meiner Eltern oder Schwestern. Außerdem hatte ich ihm nie meine Heimatadresse gegeben oder die Telefonnummer meiner Eltern. Als mir das aufging, war ich sehr erleichtert."

Jonas nickte grimmig.

„Mein Vater tüftelte also zusammen mit mir einen Plan aus: Er brachte mich mit dem Zug nach Hamburg und mietete ein Hotelzimmer – weit entfernt von meiner Wohnung. Wie erwartet, war Marvin stinksauer auf mich und äußerst aggressiv. Als Entschuldigung für mein Verschwinden lud ich ihn in sein Lieblingsrestaurant ein. Jule begleitete uns unter einem Vorwand. Mein Vater räumte in der Zeit in aller Eile meine wenigen Möbel und Sachen in einen Miettransporter. Die prüfungsrelevanten Unterlagen und einige Klamotten brachte er ins Hotel. Anschließend fuhr er mein Zeug nach Bayern und meine Eltern stellten es unter."

Chrissie holte tief Luft.

„Marvin war ein wenig besänftigt, weil ich ihm an dem Tag sehr viel Aufmerksamkeit geschenkt und mich zigmal entschuldigt hatte. Nach dem Treffen kehrte ich allerdings nicht mit Jule in die Wohnung zurück, sondern fuhr mit einem Taxi ins Hotel. Bis zur Prüfung verkroch ich mich meist dort. Ich besorgte mir eine neue Handynummer und verabschiedete mich von Jule, bevor ich die alte Nummer abschaltete. Vorsichtshalber wusste sie weder, in welchem Hotel ich wohnte, noch wohin ich nach der Prüfung ziehen würde. Eine Kommilitonin aus meinem Semester leitete ein paar Nachrichten zwischen uns weiter. Es erschien uns sicherer, wenn sie keine Ahnung hatte, wie und wo man mich finden oder erreichen konnte. Wir wussten ja, wie aggressiv Marvin manchmal war."

„Clever. Hast du noch Kontakt zu ihr?"

„Manchmal. Ich habe mir einen privaten Facebook-Account unter dem Namen Tina zugelegt, den nur meine ehemaligen Hamburger Freunde kennen. Außer Marvin natürlich. Vorsichtshalber ist dort nicht viel Persönliches hinterlegt. Die meisten wissen nichts von dieser aus dem Ruder gelaufenen Beziehung und ich wollte kein Fass aufmachen ...“

„Hast du jemals wieder von Marvin gehört?“

„Von Jule weiß ich, dass er total ausgeflippt ist, als ich plötzlich wie vom Erdboden verschluckt war. Da er aber keine Ahnung hat, wo ich wohne und selbst ein totaler Küstenfan ist, hoffe ich, ihn nie mehr zu treffen.“

Jonas legte seine Stirn an Chrissies. Sanft strich er mit seiner Hand über ihre Wange.

„Jetzt verstehe ich, warum du keine Beziehung führen wolltest und weshalb du Fremden gegenüber so vorsichtig bist.“

„Gebranntes Kind scheut das Feuer, würde Onkel Paul wohl sagen.“

„Er hat für jede Lebenslage den passenden Spruch parat, wie mir scheint. Du kannst froh sein, so einen umsichtigen Vater zu haben und die Sorgen deiner Mutter verstehe ich nun auch besser.“

„Das hat mit Marvin wenig zu tun. Sie war schon immer überfürsorglich.“

„Vermutlich hat deine Beziehung dieses Verhalten eher verstärkt als verringert.“

„Den Schuh muss ich mir wohl anziehen. Und dich bitte ich nur um eines. Die Sache mit Marvin ist bei uns daheim tabu. Meine Tante und mein Onkel wissen nicht mal so genau, was damals gelaufen ist und ich möchte es dabei belassen.“

Jonas umschloss Chrissies Wangen mit beiden Händen. Nun näherte sich sein Gesicht dem ihren und er sah ihr fest in die Augen.

„Das verstehe ich. Und ich verspreche dir, dich nie zu etwas zu drängen, das du nicht möchtest. Bitte vertrau mir. Ich werde dich nicht enttäuschen."

Gerührt blinzelte Chrissie eine Träne weg.

„Glaub mir, wenn ich nicht hundertprozentig sicher wäre, dass du das genaue Gegenteil von Marvin bist, wären wir heute nicht hier."

Die verräterische Träne hatte sich aus Chrissies Wimpern gelöst und rollte ihre Wange hinunter. Unendlich sanft strich Jonas darüber. Chrissie schluckte einen Kloß hinunter.

„Wie bereits erwähnt, hatte ich nie annähernd so tiefe Gefühle für ihn, wie ich sie bei dir empfinde. Das ist es ja, was mich so überrascht. Trotz der kurzen Zeit spüre ich eine Verbundenheit zu dir, wie ich es bisher nie erlebt habe."

„Mir geht es genauso. Und wie du weißt, bin ich aufgrund der unglücklichen Beziehung meiner Eltern ebenfalls sehr vorsichtig. Inzwischen glaube ich allerdings, dass der verpasste Zug ein Wink des Schicksals war. Wir mussten uns einfach kennenlernen."

„Stimmt. Ich werde der Deutschen Bahn ewig dankbar sein, weil dieser eine Zug so pünktlich abgefahren ist."

„Die Wahrscheinlichkeit dafür, war nicht sehr groß", sagte Jonas lachend.

„Ich bin froh, dir alles erzählt zu haben, aber lass uns bitte umkehren. So langsam sollte ich mich wieder bei meiner Familie blicken lassen."

„Auf jeden Fall. Ich bringe dich heim und fahre anschließend nach Sonthofen."

„Willst du nicht mit reinkommen?"

„Lieber nicht. Ich muss deine Geschichte erstmal verdauen. Weißt du übrigens, dass deine Mutter, Lilly, Markus und mich um zwölf zum Neujahrsbrunch eingeladen hat?"

„Und Hannibal?"

„Den hat Onkel Paul eingeladen."

Jonas küsste Chrissie liebevoll auf die Nasenspitze.

„Auf geht's, bevor wir beide inmitten der Natur zu Schneemännern – pardon – zu Schneefrau und Schneemann werden."

21. Kapitel

Am Neujahrsmorgen erwachte Chrissie recht spät. Als Erstes tastete sie vorsichtig nach der Schneeflocke. Die Kette war noch da, sie hatte die Ereignisse des letzten Abends also nicht geträumt. Voller Elan sprang sie aus dem Bett und riss schwungvoll die Jalousie in die Höhe. Danach holte sie ihr Smartphone und das rote Pappherz, hängte es dem Schneemann um den Hals und lichtete ihn von allen Seiten ab. Er glitzerte in der Morgensonne und bot ein stattliches Motiv.

Nebenan wurde ebenfalls der Rollladen hochgezogen und die Balkontür geöffnet, wobei Meike jedoch weniger zerstörerische Energie anwandte als Chrissie.

„Sag mal, spinnst du? Willst du das Haus einreißen?"

„Guten Morgen, Schwesterherz. Guten Morgen, zukünftiger Schwager!"

„Guten Morgen, Chrissie."

„Nanu, wer ist denn das?"

„Darf ich vorstellen: Snowy, der eisige Bote mit Herz."

Meike trat barfüßig auf den Balkon.

„Hallo Snowy. Ich wusste gar nichts von einem neuen Untermieter. Wann ist er eingezogen?"

„Gestern Nachmittag während unseres Spaziergangs."

Meike wandte sich an Nathan.

„Wusstest du davon?"

„Klar. Was meinst du, warum Onkel Paul auf die längere Strecke bestanden hat und ich auf die Foto-

Session? So ein großes Exemplar lässt sich nicht in fünf Minuten bauen."

„Hier scheinen in den letzten Tagen ununterbrochen Heimlichkeiten und Intrigen stattgefunden zu haben. Ich bin entsetzt, wie viele Geheimnisse du vor mir hast."

„Jetzt nicht mehr, mein Liebling. Ich schwöre: Es gibt keine weiteren."

Nathan ging zurück ins Zimmer und kam mit einer Sweatjacke und Meikes Hausschuhen wieder heraus.

„Bitte zieh das an. Sonst wirst du meine gesamten Urlaubstage mit einer Grippe im Bett verbringen."

„Jawohl, Herr Doktor."

Meike salutierte und schlüpfte in die Schuhe.

Chrissie lächelte.

„Wir ziehen uns wohl alle besser erstmal an. Wusstet ihr, dass Mama gestern Abend Jonas, Lilly und Markus zum Brunch eingeladen hat?"

„Nö, aber mir erzählt ja offenbar sowieso niemand irgendetwas."

Um Punkt zwölf standen die Sonthofener vor der Tür. Da Jonas nicht wusste, wie er den Tag verbringen würde, waren sie erneut mit zwei Autos gekommen. Zusammen mit Onkel Pauls und Nathans Wagen stand inzwischen eine beeindruckende Flotte vor dem Haus der Buchers.

„Langsam gehen uns die Parkplätze aus", schmunzelte Chrissies Vater.

„Sollen wir woanders parken, Herr Bucher?"

„Ach, Unsinn und hört endlich mit dem Siezen auf. Ich bin Hermann!"

„Da schließe ich mich an. Nennt mich einfach Paul.“

Meike stupste Chrissie an.

„So entspannt ist Onkel Paul sonst nie. Die vielen Bekanntschaften und Hannibal haben eine bemerkenswerte Wirkung auf seine Laune.“

Letzterer stürzte sich derweil bellend auf seinen neuen Freund, was Katja veranlasste, sich in Lichtgeschwindigkeit in Sicherheit zu bringen.

Jonas umrundete Hannibals gewaltiges Hinterteil und wich geschickt dem vor Begeisterung peitschenden Schwanz aus, um Chrissie in die Arme zu schließen.

„Hast du gut geschlafen?“

„Wie ein Murmeltier und heute Morgen habe ich gleich deinen Freund besucht und fotografiert.“

„Er lebt also noch.“

Nathan klopfte Jonas auf die Schulter.

„Da hast du echte Wertarbeit abgeliefert. Snowy wird wahrscheinlich noch auf dem Balkon stehen, wenn wir alle längst abgereist sind.“

„Snowy?“

Fragend sah Jonas zu Chrissie hinunter.

„Der Ärmste brauchte einen Namen.“

„Verstehe.“

„Wollt ihr hier Wurzeln schlagen? Nun kommt endlich alle ins Esszimmer. Der Apfelstrudel wird kalt!“, rief Tante Rosie.

Erfreut folgte Markus der Aufforderung.

„Ich wette, eure Tante hat sich mal wieder selbst übertroffen. Nichts wie hin, bevor Paul den guten Kuchen an unseren Dicken verfüttert.“

Der hechelnde Hannibal erhielt einen freundlichen Klaps auf den Po und Markus überließ ihn der Obhut von Chrissies Onkel.

„Du musst dich wirklich nicht die ganze Zeit um ihn kümmern, Paul", erklärte Lilly.

„Ach, was! Das macht mir Spaß!"

Nebenan zog Katja Meike am Ärmel.

„Hat Onkel Paul gerade das Wort ‚Spaß‘ benutzt? Ich wusste gar nicht, dass er es kennt."

„Setzt euch!" dröhnte Hermanns Bass durchs gesamte Erdgeschoss.

„Willkommen, meine Lieben", ergänzte Ingrid. „Und bitte duzt Rosie und mich ebenfalls."

„Jetzt bin ich platt", murmelte Chrissie. „Was ist nur mit dieser Familie los?"

Nach dem ausgiebigen Brunch brach die gesamte Gruppe zu der inzwischen allseits bekannten Runde auf, die Chrissie und Jonas am Morgen des ersten Weihnachtsfeiertags ausgekundschaftet hatten. Sogar Katja ging mit. Die elf gut gesättigten Zweibeiner hatten dabei Mühe, mit dem hochmotivierten Hannibal Schritt zu halten. Mit Markus im Schlepptau führte der Neufundländer die Gesellschaft hoch erhobenen Hauptes an. Katja nahm sein Tempo zum Anlass, sich gemütlich zurückfallen zu lassen. Sie hatte nach wie vor einen gehörigen Respekt vor dem vermeintlichen „Berglöwen".

Hermann reihte sich derweil neben Jonas und Chrissie ein.

„Ich weiß zwar nicht, wann ihr vorhabt, abzureisen, aber ich möchte nicht versäumen zu erwähnen, wie sehr ich mich über eure Beziehung freue. Besonders stolz bin ich, dass du über deinen Schatten gesprungen bist, Chrissie, und Jonas in dein Herz gelassen hast, der glücklicherweise gar keine Ähnlichkeit mit diesem Kerl aus Hamburg hat."

„Ich weiß, Paps. Jonas und Marvin sind grundverschieden."

Überrascht zog ihr Vater die Augenbrauen hoch.

„Du benutzt seinen Namen? Das wurde auch Zeit. Es freut mich, dass du inzwischen über deine Erlebnisse sprechen kannst."

Von hinten ertönte Katjas Stimme.

„Die Angst vor einem Namen steigert nur die Angst vor der Sache selbst."

Vorne drehte sich Onkel Paul erstaunt um.

„Ein äußerst kluger Ausspruch, liebe Katja. Stammt er von dir?"

„Nein, das war ein Zitat aus Harry Potter."

„Buch oder Film?", fragte er misstrauisch.

„Buch."

„Ich bin beeindruckt. Vielleicht sollte ich mich gelegentlich der modernen Literatur zuwenden. Es kann ja nicht schaden, sich möglichst breitgefächert aufzustellen."

Wenige Meter vor ihnen, wandte sich Tante Rosie an ihre Schwester.

„Ich fürchte, Paul hat Recht. Wir haben in den letzten Tagen etwas über die Stränge geschlagen. Vielleicht sollten wir ab sofort leichtere Kost zu uns nehmen."

„Das täte uns sicher gut. Du hast dich mal wieder selbst übertroffen, Rosie. Der Apfelstrudel heute

Morgen war ein Gedicht, aber so langsam fängt die Kleidung an zu zwicken.“

„Das ist wahr. Es war wohl des Guten ein wenig zu viel. Ich werde mich in den nächsten Tagen etwas zurückhalten.“

Kopfschüttelnd sah Chrissie ihren Vater an, der lächelnd zu seiner Frau aufschloss.

Zu Jonas sagte sie: „Kneif mich mal. Ich erkenne meine Familie nicht wieder.“

„Das werde ich nicht tun. Aber ich gebe dir gerne einen Kuss.“

„Irgendetwas muss gestern im Essen gewesen sein. Tante Rosie plant eine Diät, meine Eltern bieten euch spontan das ‚Du‘ an, Katja zitiert aus Büchern und Onkel Paul lobt ihre Belesenheit und will sich sogar Harry Potter zu Gemüte führen. Wahrscheinlich schafft er sich demnächst einen Hund an und Tante Rosie und Katja gehen dann mit ihm spazieren. Ich glaube, hier sind alle verrückt geworden.“

„Nicht verrückt. Sie haben bloß neue Erkenntnisse gewonnen.“

„Ach ja?“

„Genau wie wir.“

„Welche Erkenntnisse haben wir denn gewonnen?“

„Du hast neu gelernt, einem Mann zu vertrauen und ich habe beschlossen, mich von der gescheiterten Ehe meiner Eltern nicht länger beeinflussen zu lassen. Das ist doch schon mal etwas, oder nicht?“

„Wenn du das so sagst, klingt es sehr positiv.“

„Ich finde diese Ferien insgesamt sehr positiv. Vermutlich wird Weihnachten ab sofort zu meinen bevorzugten Jahreszeiten gehören und glaub mir, das ist eine ganz neue Erfahrung für mich. Mit Familienfesten hatte ich es bisher nicht so …"

Sobald sie sich der Stelle näherten, an der Hannibal wenige Tage zuvor nach Kaninchenlöchern gegraben hatte, verlangsamte Jonas sein Tempo. Katja, die inzwischen mit Lilly in ein Gespräch über den gelungenen Coup des Vortags vertieft war, überholte das Paar mit einem fragenden Blick.

„Weißt du noch?", fragte Jonas mit zuckenden Mundwinkeln und sah Chrissie an.

„Natürlich."

Sie zog die silberne Schneeflocke unter ihrem Schal hervor. Bei jedem Schritt glitzerte und glänzte sie im Sonnenlicht.

Sanft zwang Jonas Chrissie anzuhalten.

„Lass die anderen vorgehen."

Liebevoll bedeckte er ihr Gesicht mit federleichten Küssen.

„Wir kennen ja den Weg."

Genießerisch schloss sie die Augen und brummte zustimmend.

Plötzlich hielt er inne.

„Weißt du eigentlich, dass ich nicht einmal deine Münchner Adresse kenne?"

„Stimmt. Leider macht mein Mini-Zimmer nicht viel her."

„Keine Sorge! Für das, woran ich dachte, brauchen wir nicht viel Platz."

Jonas Augen funkelten herausfordernd und Chrissies Herz schlug schneller. Sie lächelte ihn an.

„Sobald wir zuhause sind, schreibe ich dir die Adresse
auf. Mit Wegbeschreibung. Natürlich bekommst du
meine Festnetznummer und ...“

„Danke, das reicht. Ich bin beruhigt.“

Langsam beugte sich Jonas über sie, um sie zu küssen.
Dieses Mal allerdings wich Chrissie zurück.

„Wie groß ist eigentlich deine Wohnung? Weißt du,
meine ist winzig!“

„Drei Zimmer, Küche, Bad, Balkon.“

„Das klingt verlockend.“

„Möchtest du mich sofort besuchen, sobald wir in
München sind? Ich könnte dir meine Briefmarken-
sammlung zeigen.“

„Du sammelst Briefmarken?“

„Ehrlich gesagt, nein. Ich wollte dich bloß unter einem Vorwand in meine Wohnung locken.“

„Keine miesen Tricks, Herr Schuster.“

„Na gut. Alternativ zu den nicht vorhandenen Briefmarken habe ich eine DVD-Sammlung zu bieten oder
ich koche uns etwas.“

„Schon besser. Ich habe übrigens gehört, dass Sie sich
gelegentlich in Buchläden herumtreiben sollen, mein
Herr.“

„Stimmt. Bücher besitze ich ebenfalls, sogar eine
ganze Menge, um genau zu sein, Mylady.“

„Die würde ich gerne begutachten, wenn Sie erlauben.“

Übermütig funkelte Chrissie ihn an und während er
sie ansah, blitzte eine Erinnerung in Jonas auf. Ein Lächeln überzog sein Gesicht.

„Weißt du, was mir vor exakt acht Tagen etwa um dieselbe Uhrzeit passiert ist?“

„Was denn?“

„Da hat mich eine bildhübsche, aber sehr wütende junge Frau mit genauso einem Blick auf dem Münchner Bahnhofsplatz mit klebriger Pizza überzogen und mir schwere Vorwürfe gemacht, weil ich einem rasenden Kleinkind ausgewichen war.“

„Das darf nicht wahr sein! Wie konnte sie nur?“

„Ich weiß auch nicht, was in sie gefahren war. Sie hatte ihren Zug verpasst und wollte mich dafür zur Verantwortung ziehen.“

„Unfassbar!“

„Wenn ich es mir genau überlege, sah sie eigentlich zum Anbeißen aus, als sie so entrüstet vor mir stand und mich zur Schnecke machte.“

„Wirklich?“

„Ich hätte sie einfach in den Arm nehmen und küssen sollen. Wie sie wohl reagiert hätte?“

„Sie hätte dir eine geklebt, dass dir Hören und Sehen vergangen wäre.“

„Dann bin ich froh, es nicht versucht zu haben.“

„Jetzt und hier könntest du es aber versuchen.“

„Meinst du, es wäre ungefährlich?“

„Absolut.“

„Gut. Dann werde ich es keine Sekunde länger aufschieben ...“

In diesem Moment waren es Jonas Augen, die sich mit einem übermütigen Glitzern Chrissie näherten. Mit klopfendem Herzen reckte sie sich ihm entgegen und ihre Lippen trafen sich. Eng umschlungen standen sie in der tief verschneiten Landschaft und verloren sich in einem leidenschaftlichen Kuss. Doch bevor sie gänzlich in eine weit, weit entfernte Galaxis abtauchen

konnten, ertönte in ihrer Nähe Katjas vor Ironie trie-
fende Stimme.

„Vielleicht interessiert es euch, dass ihr gerade die
Oberstdorfer Hauptattraktion seid?"

Die beiden fuhren auseinander und blickten neun
amüsierten Augenpaaren entgegen.

Widerstrebend lockerte Jonas die Umarmung.

„München", flüsterte er Chrissie ins Ohr. „Ich sage
nur vier Worte: Abfahrt nach München, morgen!"

Danksagung

Mein Dank gilt meiner engagierten Agentin Alisha Bionda von der Agentur Ashera für ihre großartige Unterstützung im Allgemeinen und die Vermittlung dieses Buchprojektes im Besonderen.

Ebenso danke ich dem Team vom dp Verlag in Stuttgart, besonders Francesca für die professionelle Projektbetreuung und die schnellen Rückmeldungen auf alle Autorenfragen, Stephie für das angenehme, konstruktive Lektorat und Korrektorat sowie Rebecca für ihre Hilfe rund um das Buchmarketing. Bei der Neuauflage gilt mein Dank Yasmin, die jederzeit für mich da und ansprechbar war. Allen, die im Hintergrund mit meinem Manuskript, dem Buchcover und tausend anderen Details rund um *Schneemann mit Herz* beschäftigt waren, sei ebenfalls gedankt: Die Zusammenarbeit hat mir sehr viel Spaß gemacht.

Natürlich möchte ich bei dieser Gelegenheit auch Euch erwähnen: Meine vielseitigen Leserinnen, Leser, Bloggerinnen und Rezensenten. Eure Begeisterung beflügelt mich und ich weiß Eure Bereitschaft zu schätzen, mir in die verschiedensten Genres zu folgen. Vielen Dank für Eure Lesermeinungen, Rezensionen und den inspirierenden Austausch in den sozialen Medien.

Des Weiteren danke ich meiner Familie, besonders meinem Mann Pirmin und unseren Kindern, für ihre Geduld, wenn ich „noch kurz" etwas aufschreiben möchte, die ehrliche Meinung zu meinen Ideen und Entwürfen, die hilfreiche Kritik bei kniffligen Textpassagen und die zur Verfügung gestellten Fotos für Beiträge in den sozialen Medien. Für verspätete Mahlzeiten aufgrund meines Schreibflusses oder wichtiger E-Mails entschuldige ich mich ausdrücklich, denn ohne Eure Unterstützung und Euer Verständnis wäre mir das Schreiben so nicht möglich.